회사에서 안녕하십니까

회사에서 안녕하십니까

이병남 지음

동아시아

이 책의 씨앗은 사단법인 제주올레 안은주 대표이사와 3년여 전 조직 내에서의 세대갈등, 조직 운영과 리더십 등에 관해 수십 차례 온오프라인으로 나눈 대화들이었습니다. 그 대화의 바탕이 있었기에 2년여 전 한겨레신문사 정은주 당시 토요판 팀장과 신윤동욱 에디터의 칼럼 제안을 받아들일 수 있었습니다. 그 대화에 감사드립니다.

매회 쓰는 동안 정은주 기자는 진지한 대화를 통해서 내 생각의 샘물을 길어 올리고 또 글로 다듬을 수 있도록 적극적으로 도와주었습니다. 그 도움이 없었다면 총 19회에 걸친 칼럼은 가능하지 않았을 것입니다. 진심으로 감사드립니다.

신문의 칼럼을 책으로 내자고 제안해 주신 동아시아 출판사 한성봉 사장께 감사드립니다. 칼럼 글을 책의 글로 다시 만드느라 수고해 준 조상희 편집자에게도 감사드립니다. 그리고 내가 집필에 집중할 수 있도록 일상을 챙겨주고 기운을 북돋아 준 박문영 님께 감사드립니다. 무엇보다도 칼럼으로 나가는 동안 공감과 격려를 보내주신 모든 독자분들에게 깊이 감사드립니다.

이 글에는 내가 살아오며 배운 경험이 온전히 녹아 있습니다. 내가 전하는 이야기가 후배들에게 어떤 도움이 되는 것, 그것이 내가 바라는 전부입니다. 이 책을 읽고 독자분들의 머리가 시원해지고 가슴이 따뜻해진다면 그 이상 더 큰 기쁨은 없겠습니다.

2022년 4월 북한산 우남재에서

이병남

차례

PART 3_ 경영, 결국엔 사람이었다

넘어져 본 리더가
조직을 성장시킨다

리더십의 마지막 퍼즐은
팀원들과의 눈 맞춤이었다

Q 회사 생활이 15년 가까이 되니까 중간 관리자의 역할을 맡아
야 한다는 요구가 많습니다. 하지만 부하 직원과 손발을 맞추고
협업하는 게 비효율적으로만 느껴집니다. 혼자서 남들보다 몇 배
의 성과를 낼 수 있다면, 팀보다 혼자서 일하는 게 더 효율적이지
않을까요?

1995년 1월, 미국 대학 생활을 접고 귀국해 LG인화원에서 근무를 시작했을 때 내가 그런 사람이었습니다. 그때 나는 혼자 자기 실력으로 남보다 몇 배 더 일하는 게 효율적이고 효과적이라고 생각했지요. 아마도 그건 15년간 석박사과정, 교수 생활을 거치면서 자연스레 몸에 익은 습관이었던 것 같습니다. 나는 주로 혼자 하는 연구를 해왔고, 이것은 나만 잘하면 되는 일들이었으니까 개인적 탁월함을 추구하는 데 익숙해져 있었던 것이지요. 또 한편으로는 학문과 교수 생활을 버리고 회사로 왔으니 뭔가 빨리 성과를 내고 승진해야겠다는 조급함도 있어서, 그러려면 내가 가진 모든 능력과 지식을 총동원해서 빨리 뛰어야겠다는 생각을 했었지요.

나 홀로 성과에 리더십 평가는 나쁘고

40세에 인화원 기획 담당 이사로 첫 출근을 했을 때 조직은 나를 그리 환영하는 분위기가 아니었습니다. 지금이야 30대 상무, 전무도 나오지만 당시엔 그 나이에 임원이 되는 사람은 재벌가 중에서도 드문 일이었지요. 나중에서야 알게 되었지만 임원 자리가 하나 줄어들었으니 특히 고참급 부장들은 나를 더더욱 눈엣가시로 여기기도 했던 모양입니다.

당시 선진 기업의 임원교육 방식을 LG에 도입하라는 미션을 부여받은 나는 홀로 서류 가방을 들고 해외로 나가 직접 부딪쳤습니다. 그 전에 조직원을 데리고 출장을 가도 결국 내가 다 설명하고 통역까지 해야 하는 상황을 겪었던 나는 차라리 혼자 다니면서 일하는 게 훨씬 효과적이라고 생각했기 때문입니다. 그리고 실제로 당시 세계적으로 알려진 여러 다국적 기업들과 미국 및 유럽의 경영대학들 간의 컨소시엄을 구성해 실천 학습Action Learning 방식의 새로운 임원교육 프로그램을 만들어 내는 등 상당한 성과를 냈습니다.

그러나 그해 연말에 리더십 평가에서 나는 아주 나쁜 결과를 받았습니다. 오로지 일 중심이고 혼자 일한다는 게 비판의 핵심이었습니다. 반면 내 입장에서는 동료나 부하 직원들이 도무지 내가 하는 이야기를 이해하지 못하고 말이 통하지 않으니까 답답하기만 했습니다. 나는 리더십 평가에 크게 실망하고 자존심이 상한 채로 나를 LG로 영입하려고 설득했던 한 계열사 사장님을 찾아가 하소연했습니다. "사장님, 도무지 답답해서 일을 할 수가 없습니다. LG가 선진 기업이 되려면 할 일이 태산 같은데 제가 뭘 이야기하고 설명해도 알아듣지도 못하고, 또 급해서 제가 그냥 일을 해치우면 자신들이 해오던 방식대로 하지 않는다고 뒤에서 저를 비난하고, 도무지 같이 일할 수가 없습니다."

그러자 사장님은 "여보게, 자네가 (미국) 대학을 포기하고 회사로 왔는데 100미터 단거리를 뛰러 왔나, 아니면 마라톤을 뛰러 왔나?"라고 물으셨습니다. 순간 무슨 의미인지 당황했지만 이내 그 말씀에 고개가 저절로 끄덕여지더군요. 교수 생활을 접고 회사로 왔으니 내 실력을 발휘하고 남다른 성과를 내어서 적어도 사장까지는 해야겠다는 포부가 있었고 의욕은 하늘을 찌를 듯했지만, 실제로 조직 안에서 어떻게 움직여야 하는가에 대한 준비가 부족했던 것입니다.

나는 우선 15년간 대학 생활을 거치며 홀로 일하는 데 익숙해져 있다는 내 한계를 인정했습니다. 치열하고 치밀하게 연구하고 가르치던 내 눈에는 동료와 부하 직원들의 부족함만 보였고, 그들을 고치고 바꾸려는 개별적인 공헌

자_{Individual Contributor}로서만 열심히 일했던 셈이지요. 나는 부족한 부하들을 엄하게 조련해야 한다는 생각으로만 일을 했기에 리더십 평가에서 형편없는 결과가 나온 것이라고 받아들였습니다. 그리고 확실히 배운 게 있습니다. '기업은 대학과 다르다. 대학교에서는 교수로서 자기 연구, 자기 강의만 잘하면 된다. 그러나 기업에서는 나 혼자 할 수 있는 일이 아무것도 없구나. 내가 아무리 똑똑하고 열정이 넘쳐도, 아무리 윗사람이 인정해도 동료와 부하 직원들의 자발적 동의와 협조 없이는 결국 아무것도 할 수 없구나. 그것이 기업이구나.'

장기적 관점, 커리어 비전이 팀워크의 핵심

한국으로 돌아온 지 5년 만인 2000년 당시 LG 회장실은 1997년 외환위기를 거치면서 '구조조정본부'로 명칭이 바뀌었고, 나는 구조조정본부 소속, 그룹 인사팀장으로 발령을 받았습니다. 그리고 그때부터 나는 일하는 방식을 완전히 바꾸었습니다. 옆에 재무팀, 전략팀, 법무팀, 감사팀 등이 일했는데, 당시 나는 전무이고 다른 팀장들은 상무였지만 논의가 필요할 때는 항상 내가 그들을 먼저 찾아가 의견을 물었습니다. 인사 기밀에 관한 사항을 제외하고는 터놓고 상황을 설명하고 조언을 구했습니다. 한 3년을 꾸준히 그렇게 하니까 드디어 나를 한 식구로 받아준다는 느낌이 들기 시작했지요. 그렇게 되니 업무의 질이 올라가고 속도도 엄청나게 빨라졌습니다.

부하 직원과의 관계도 확 달라졌습니다. 나는 인사팀장으로 부임하면서부터 후임자를 생각했습니다. 즉, 준비된 후임자 풀Pool을 만들기 위해 길게 보고 사람을 키우기로 결심한 것입니다. 사람을 키우는 데는 일을 함께 하면서 일을 통해서 키우는 것이 기본입니다만, 당시는 국제화를 대비한 인사 전략을 준비 중이었습니다. 각 계열사 인사 부문에서 잠재력이 큰 직원들을 엄선해 미국 인적 자원(HR) 부문 최고 다섯 개 대학의 석사학위 과정에 보내는 프로그램을 만들었습니다. 이렇게 최고의 대학에서 2년에 걸쳐 정식으로 석사학위를 받도록 한 것은 학위 취득 자체가 목적이 아니라 그 과정에서 미국 및 해외 인재들과 경쟁하고 또 협력하며 철저하게 공부하도록 하기 위해서였습니다. 처음에는 매년 다섯 명 이내로 5년간만 운영한다는 조건으로 어렵게 시작했습니다. 정식 석사학위 과정에 2년간 풀타임으로 보내는 게 여건상 부담스러웠던 것이지요. 그러나 '글로벌Global CHO'라는 이 프로그램은 2022년 현재까지 21년째 운영되고 있고, 그 출신들은 각 계열사 인사 담당 책임자로 성장하게 되었습니다. 그들 중 일부는 외국 기업을 인수 합병 하는 프로젝트에 배치되어 인수 과정에서 HR 전문가로 기여하고, 인수 후에는 현지에서 임직원들을 운영 및 관리하는 역할도 해내고 있습니다. 이 프로그램은 LG 그룹 인사, 노사, 교육 부문에서 일하는 1,000여 명의 직원들에게 엄청난 동기부여가 되기도 했습니다.

또 열 명도 채 안 되는 인사 팀원들을 한 명, 한 명 철저하게 조련했습니다. 일을 놓고 개별적으로는 엄청난 토론을 했고 업무에 있어서는 완벽성을 요구했습니다. 모두에게 그리고 각자에게 세계 최고가 될 것을 촉구했고, 구조조정본부 안에서 우리가 가장 분위기 좋은 팀이 되자고 말했습니다. 그들에게 장차 계열사 인사 담당 임원이 되는 꿈을

심어주고 업무 훈련을 통해 최고의 실력자로 만들었습니다. 실제로 이들은 모두 현재 지주회사와 각 계열사에서 임원으로 활약하고 있습니다.

능력 있는 개인을 팀워크를 생각하며 일하도록 하고, 또 팀 리더로 키우기 위해서는 우선 장기적인 관점이 중요하다고 생각합니다. 장기적 관점에서 성공하겠다는 마음이 없으면 팀워크에도 관심을 갖지 않을 테니까요. 구태여 힘들게 남들과 더불어 일하고 같이 성과를 내는 것보다는 당장의 자기 앞가림만 하려고 하겠지요. 실제로 단기적 성과를 위해서는 혼자 해치우는 게 훨씬 빠르고 효율적일 때가 많습니다.

인화원에서 간혹 똑똑하다 싶은 친구들이 인기 있는 연수 프로그램을 익히고는 컨설팅을 하겠다고 밖으로 나갈 때가 있었습니다. 나는 이런 사람들은 우리 조직에 필요가 없다고 말하곤 했습니다. 나에게는 이 조직 안에서 승부를 볼 사람만이 필요했으며, 설혹 회사 내에서의 승부에서 지더라도 그 사람은 외부 노동시장에서 오히려 큰 대우를 받을 수 있을 것이라고 생각했기 때문입니다. 나는 그런 회사를 만들고 싶었습니다.

실제로 과거 미국의 GE(제너럴일렉트릭)가 오랫동안 최고의 경쟁력을 가진 무서운 회사였던 것은 CEO(최고 경영자) 자리를 놓고 마지막 경쟁에서 밀린 사람들이 동급의 다른 회사 CEO로 바로 스카우트되었다는 것만 보아도 알 수 있습니다. 그래서 GE는 오랫동안 자신들이 돈을 많이 주는 회사가 아니라 경영자를 길러내는 회사라고 말했었지요. 그들은 자신들의 보상 수준이 시장 최고 수준의 70% 정도라고 이야기했지만 실제로 시장에서는 GE 출신들에게 엄청난 몸값 프리미엄이 붙어 있었던 것입니다.

또 중요한 것은 커리어 비전입니다. 내가 여기서 팀원으로 오래 일했을 때 내게 어떤 기회가 주어질까 하는 미래의 청사진 말입니다. 이곳에서 성공적으로 은퇴할 때까지 일할 수 있다는 안정감도 중요하지만 다른 직장으로 옮기더라도 여기서 일하고 배운 것이 가장 효과적인 투자가 되게 해야 합니다. 리더라면 이 조직, 이 팀이 추구하는 것이 무엇인지에 대해 스스로 성찰하고 내가 이 조직의 미션, 공유가치를 마음속에서부터 철저히 공감하는지도 살펴봐야 합니다. 조직이 추구하는 공유가치가 나의 것이 되고, 이를 내 비전으로 재해석하지 않으면 나의 커리어도, 또 회사도 지속 가능하지 않습니다. 조직의 공유가치가 내 인생에서 얼마나 중요한 것인가, 그에 대한 스스로의 확신이 우선적으로 필요합니다. 그러고 나서는 부하 직원과 때때로 대화를 통해서, 또 일을 실행하는 과정에서 이를 적용해야 합니다. 그러면 부하 직원도 이 조직에서 일하는 것에 대한 자부심과 보람을 느낄 수 있습니다.

진정한 애정이 진정한 신뢰를 이끌어

마지막으로, 가장 중요한 것은 부하 직원에 대한 진정한 애정입니다. 인사팀장 초기에 팀원들과 함께 치열하고 치밀하게 일하면서도 종종 부부동반으로 공연이나 와인바를 함께 가는 등 개인적인 친분도 쌓았습니다. 그러나 리더십 평가에서 의외로 낮은 점수를 받았습니다. 상당히 실망스러워 며칠을 고민했습니다. '대체 왜 그런 건가?' 그러던 어느 날 문득 '아, 내가 이 친구들 하나하나와 진심으로 눈과 눈을 마주치고 마음을 느끼려고 했었나?' 하는 질문을 스스로에게 했습니다. 내가 한 사람, 한 사람, 그 존재 자체에 관심을 가졌던가, 자문했더니 그 답은 '아니다'였습니다.

돌이켜 보니 나는 일을 통해서 강하게 조련하는 것만이 팀원들을 성장시키고 이들의 미래를 밝혀주는 길이라고 생각했는데, 사실 이들이 내게 목말라 있던 것은 '아이 투 아이Eye To Eye'의 애정이라는 것을 깨닫게 되었습니다. 팀원들은 내가 진심으로 한 인간으로서의 그에게 관심이 있는 건지, 일을 잘하고 못하는 것에 대한 평가에만 관심이 있는 건지 금방 알아차렸던 것입니다.

이런 깨달음을 얻은 나는 그때부터 팀원들과의 눈 맞춤을 실천하고 그의 가슴을 느끼려고 노력했습니다. 능력과 성과만 보는 것이 아니라 그 한 사람의 존재 자체와 만나고자 했던 것이지요. 진정한 애정을 실천하려고 의식적으로 엄청난 노력을 했고, 그러자 점차 큰 변화가 일어나기 시작했습니다. '내 상사는 나라는 인간에 대한 관심과 애정이 있다'라는 신뢰가 생기니까, 팀 내의 분위기가 뭔가 달라지기 시작했습니다. 헤드 쿼터 조직이 갖는 일과 관련된 긴장감은 여전했지만, 지치고 소진되기보다는 역동적인 에너지의 밝은 기운이 감돌게 된 것입니다.

예를 들면, 간혹 일을 놓고 아무리 내가 야단을 쳐도 팀원들은 마음의 상처를 입지 않게 되었습니다. '야단맞는 건 그냥 일에 관한 도전이니까 일을 더 잘하면 된다'로 넘어가게 되고 자신의 자존감은 영향을 받지 않게 된 것입니다. 그러다 보니 소통이 순식간에 이루어지면서 일하는 속도도 빨라지고 결과물의 수준도 상당히 올라갔습니다. 시간이 지나자 별로 지시할 것이 없을 정도로 이심전심이 돼 일이 저절로 돌아가게 되었지요. 초기에는 시간과 에너지가 많이 들어가는 일이었지만, 한 사람에 대한 애정을 바탕으로 한 진정한 신뢰가 쌓이자 팀워크는 저절로 좋아졌습니다.

팀원이 팀원을 뽑으면
책임감이 커진다

<u>Q</u> 처음 팀장이 돼 새로운 팀원을 받으려고 합니다. 어떤 기준으로 팀원을 선택하면 좋을까요? 능력이 출중한 사람과 인품이 훌륭한 사람 중에선 누구를 골라야 하나요? 저랑 성격과 성향이 비슷한 사람이 나을까요, 오히려 그 반대가 나을까요?

전통적인 조직 심리학이나 인사관리 분야에는 '사람-일자리 조합Person-Job Match'이라는 개념이 있습니다. 지원자의 지식, 기능, 능력을 평가하는 한편, 채우려는 자리에서 수행할 업무 및 책임을 분석해서 가장 잘 맞는 사람을 뽑아야 한다는 것입니다. 결국 팀장은 팀원을 뽑아 어떤 일을 시키고 싶은지, 그 업무 내용을 우선 잘 파악해야 합니다. 그러고 나서 그 팀원이 그 일을 잘할 만한 필요 요건을 갖췄는지를 판단해야겠지요. 팀장으로서 내가 원하는 게 무엇인지를 분명히 아는 게 첫걸음입니다.

그렇게 하기 위해서는 우리 조직이 왜 존재하는가 또는 우리 조직의 미션은 무엇인가를 팀장 스스로 점검하는 게 중요합니다. 어떤 기준으로 팀원을 선발할 것인가를 고민하기 전에, 이 팀은 무엇을 추구하는 조직인가를 먼저 생각해 봐야 한다는 뜻이지요. 크든 작든 모든 조직에는 존재 목적이 있습니다. 리더는 '나는 왜 이 회사에 다니고 있는가', '나는 왜 이 팀에서 일하고 있는가'라는 질문을 스스로 던지고 또 구성원들과 이에 관해 이야기를 나누어야 합니다. 이처럼 주기적으로 조직의 미션과 비전, 공유가치를 점검하는 이유는 이런 가치들이 살아 숨 쉴 수 있도록 하기 위해서입니다. 한번 정했다고 이를 잘 적어서 액자에 넣어 벽에 걸어놓기만 하면 아무리 훌륭한 가치라 할지라도 조직 구성원들의 일상에 영향을 미치지 못합니다. 끊임없는 반복과 확인, 필요에 따른 변화와 조정만이 공유가치를 화석화되지 않게 만들 수 있습니다.

구성원 채용 과정에 팀원들이 참여

이렇게 조직이 추구하는 근본적인 가치를 구성원들과 공유했다면 채용 과정에 기존의 팀원들이 참여할 것을 권합니다. 나는 LG 지주회사 인사팀장으로 일할 때 새 팀원을 뽑아야 하는 경우, 기존 팀원들끼리 토론해 계열사의 인재를 뽑아서 추천하라고 했습니다. 나는 최종 인터뷰만 했습니다. 그러면 팀원들은 새로운 멤버를 뽑는 일에 참여하며 주인 의식과 더불어 큰 책임감을 갖게 됩니다. 또 나와 함께 일할 사람을 내가 뽑는다고 생각하게 되니 평소에도 각 계열사 사람들에게 더욱 깊은 관심을 기울이게 되고 결과적으로 아주 좋은 인재풀을 형성하게 되지요.

내가 지주회사 인사팀장으로 가서 처음으로 계열사에서 팀원을 한 명 뽑으려고 할 때였습니다. 팀원들이 추천한 과장 A 씨가 있었습니다. 그의 인사 자료를 보고 마음에 들어 인터뷰를 하기 위해서 만났지요. 그런데 뜻밖에도 현재 회사에서 중요한 일들을 하고 있어 최소한 1년 정도는 움직일 수 없다는 것이었습니다. 좀 맹랑하다는 생각도 들었지요. '누가 오라는 건데 감히 지금 거절하는 거야?' 그러나 금방 생각을 고쳐먹었습니다. '내가 필요한 인재라면 내가 기다려야지! LG도 내가 미국에서 1년간 망설일 때 기다려 주지 않았나!' 결국 A 씨는 1년 후에 지주회사로 들어왔고 다른 팀원들과 함께 일을 아주 잘했습니다. 몇 년 후 그는 미국 유수 대학에 HR 석사학위 파견자로 선발되었고, 석사학위 취득 후 돌아와 지금 한 계열사의 최고 인사책임자(CHO)로 일하고 있습니다.

또 한번 팀원을 새로 뽑아야 할 때였습니다. 팀원들이 한 계열사에서 일하던 과장 B 씨를 추천해 인터뷰했습니다. 상당히 진지하고 성실한 것 같기는 한데 뭔가 딱 이 친구다

하는 감이 금방 오지는 않더군요. 그러다 보니 인터뷰가 예정보다 길어졌고, 나는 상사에게 급히 보고할 일이 생겨버렸습니다. 그냥 인터뷰를 끝내고 퇴짜를 놓을까 하는 생각이 잠시 스쳐 지나갔습니다. 하지만 B 씨 입장에선 이대로 그룹 인사팀 면접에서 떨어졌다고 하면 상당한 타격을 받을 거라는 생각이 들어 "오늘은 내가 바쁘니 내일 다시 만나자" 하고 돌려보냈습니다.

밖에서 결과를 궁금해하던 팀원들은 눈이 휘둥그레졌습니다. '예스 아니면 노인데 다시 인터뷰한다고?' 처음 있는 일이었거든요. 실제로 한 지원자에게 두 번의 인터뷰 기회를 준 건 그때가 처음이자 마지막이었습니다. 다음 날 다시 만나서 이야기를 나누어 보니 진지하고 성실하며 열정이 있어서 잘만 조련하면 큰 인재가 되겠다는 확신이 들었습니다. 그래서 뽑았지요. 그날 이후로 B 씨는 치열하고 치밀하게 일하는 방식을 몸과 마음에 익혀나가더니 한 1년쯤 지나니까 주변으로부터 실력이 엄청 늘었다는 칭찬을 받게 되었습니다. 그 역시 해외 유학 프로그램에 선발되었고, 학위 취득 후 돌아와 지금은 한 계열사의 최고 인사책임자로 일하고 있습니다.

가끔은 팀장으로서 조금 더 적극적인 역할을 해야 할 때도 있습니다. 내가 인사팀장으로 일을 시작한 2000년에는 팀원 중에서 여성 관리자가 한 명도 없었습니다. 당시에는 대기업 인사 부문에서 여성 구성원을 고려하지 않았기 때문이지요. 그러나 시대가 변하면서 여성 인력의 역할이 점점 커지고 있었고, 나는 그룹의 헤드 쿼터 조직에서 인사 업무를 맡을 사람 중에 반드시 여성이 필요하다고 판단했습니다. 그래서 팀원들에게 내 생각을 설명하고 각 계열사에서 후보를 찾아보라고 했지요. 하지만 당시로선 워낙 새로운 발상이었는지 상당한 시간이 흘러도 상황은 진전되지 않았습니다.

그러던 그해 가을, 인화원에서 열린 한 콘퍼런스에 참석해 여러 주제로 세션이 열리고 있는 발표장들을 돌아보게 되었습니다. 그러다 한 세션에서 아주 인상적으로 발표하고 있는 여성 과장 C 씨를 보게 되었습니다. 당시로서는 비교적 새로운 IT 기법들을 인사업무에 활용하는 방법에 대한 내용이었는데, 기본 개념을 쉽고 명쾌하게 설명하고 실무적인 활용 방법도 구체적이고 명확하게 제시하는 것이었습니다. 발표자 자신이 내용을 완전하게 알고 있다고 느껴졌고 청중들 앞에서 겸손하면서도 당당한 모습이 매우 신선했습니다. 그래서 회사로 돌아와서 팀원들에게 C 씨를 고려해 보면 어떨까 하는 의견을 제시했습니다. 팀원들이 다각도로 평판 조회를 해보더니 추천하겠다고 하더군요. 그렇게 C 씨는 최종 인터뷰를 거쳐 그룹 인사팀에서 최초의 여성 멤버가 됐습니다. 이후 C 씨는 아주 좋은 팀워크를 이루며 지속적인 성과를 냈고 몇 년 후 그 역시 HR 석사학위를 취득했습니다. 귀국한 후에는 부장으로 일하다가 2년 전에는 드디어 임원으로 승진해서 활약하고 있지요.

이처럼 늘 깨어서 관심을 갖고 보면 인재들이 눈에 띕니다. 팀장은 팀원들과 함께 늘 좋은 인재풀을 만들 책임이 있습니다.

능력이 출중한 사람과 인품이 좋은 사람 중에서 누구를 골라야 하느냐고 묻는다면, 단기간에 커다란 변화를 만들어야 하는 비상 시기에서는 능력이 우선적으로 중요하지만 대부분의 경우엔 인품이 한 수 위라고 답하겠습니다. 내가 현직에 있을 때는 이런 기준이 있었습니다. '능력(성과)이 뛰어나지만 인품(리더십)이 떨어지면 성과급은 많이 주되 최고 경영자 자리는 맡기지 않는다. 반대로 성과가 좀 떨어지더라도 리더십이 좋으면 다시 기회를 준다.' 왜냐하면 성과는 개인의 능력 외에도 다른 여러 요소들의 영향을 받기 때문입니다. 물론 능력과 인품이 다 나쁘면 퇴임이고, 둘 다 좋으면 승진이지요!

또 한편, 열정은 있는데 실력이 따라주지 않는 구성원도 있습니다. 그러면 참 힘듭니다. 조직에서 살아남게 할 방법은 그 구성원의 실력에 맞는 일을 주는 것밖에 없지요. 그 기회를 발판 삼아 성장한다면 더 큰 일을 줄 수도 있습니다. 일반적으로 능력은 노력으로 커질 수 있으니까요. 문제는 개인이 그렇게 노력할 수 있도록 조직이 얼마나 효과적으로 동기를 부여하느냐에 달려 있습니다.

실력 향상은 각 개인의 몫이지만 조직은 조직 차원에서 그가 그렇게 하고 싶도록 내적, 외적 동기를 부여할 책임이 있습니다. 개인의 내적 동기부여는 자신이 조직으로부터 배려받고 성장하고 있다는 느낌이 들어야 가능합니다.

조직이 나에게 별로 관심이 없고 기대하는 바도 없다고 생각하면 매우 어려워집니다. 팀장의 '기대감', '믿음'이 팀원에게 큰 동기부여가 된다는 점을 잊지 마십시오.

시니컬한 사람은 조직의 에너지를 소진

팀원을 고를 때 나와 비슷한 성향의 사람에게 끌리는 건 자연스럽습니다. 회사 생활 초기 몇 년은 나와 비슷한 사람을 뽑아 쓰려 했습니다. 15년 만에 귀국한 뒤 완전히 생소한 회사 환경에서 외롭기도 했거니와 내 말을 알아듣고 대화가 통하는 사람이 필요하다고 생각했기 때문이지요. 그러나 결과는 대체로 실패로 돌아갔습니다. 이 과정에서 배운 것은 내가 편한 사람이 아니라 조직 내에서 팀워크를 이루면서 성과를 낼 수 있는 사람을 찾아야 한다는 사실이었습니다. 회사가 지속적인 성과를 내기 위해 어떤 사람이 필요한지, 그가 과연 가장 적합한 사람인지를 인재 선발의 최우선 기준으로 삼아야 한다는 것이지요. 이때 나와 전혀 다른 성향을 가진 것처럼 보이는 사람들 중에서도 그런 인재를 찾아낼 수 있다는 믿음을 가지는 것이 중요합니다. 능력을 갖춘 사람이 성향적으로 나와 전혀 다를 가능성은 얼마든지 있지요. 나와 성향이 다른 팀원이라고 거리를 둘 필요는 없습니다.

나는 상대적으로 더 불편하게 느껴지는 부하 직원과 진심으로, 진실하게 대화를 하기로 작정하고 실행에 옮긴 적이 있습니다. 그때 나는 어쩌면 나와 기질적으로 성향이 다른 그가 조직 내에서 내가 보지 못하는 것을 보고, 내가 듣지 못하는 것을 듣고, 또 내가 느끼지 못하는 것을 느낄 수도 있다고 생각했습니다. 그러니 그와 많은 대화를 하면 내가 조직 전체를 보다 넓고 깊게 이해할 수 있고, 따라서 효과적으로 리더십을 발휘할 수 있을 거라고 생각했지요. 여러 해에 걸친 일관된 노력의 과정에서 그와 나는 서로를 좀 더 잘 받아들이게 되었습니다. 그렇다고 해서 그 사람이 나를 좋아하게 되었다고는 생각하지 않습니다. 다만 나에 대한 신뢰 수준이 조금 높아졌다는 느낌은 얻을 수 있었습니다. 그 정도면 되었다고 생각합니다. 팀장은, 리더는 온 정성을 쏟되 팀원이 그 마음을 다 알아주기를 기대해서는 안 됩니다.

어쩌면 부모와 자식 간의 관계와도 비슷할 것 같습니다.

지속적으로 좋은 성과를 내서 개인과 조직을 성장시키는 데 필요한 모든 자질을 갖추었더라도 가능하면 팀원으로 뽑지 말아야 할 사람으로 나는 시니컬한 사람을 꼽습니다. 냉소적인 사람은 그 자신이 불행할 뿐만 아니라 조직의 에너지 또한 소진시킵니다. 시니컬한 사람은 어떤 경우에서도 상황을 부정적으로만 보고 남을 탓하기 때문에 뒷말을 통해 조직문화를 망가뜨립니다. 이를 막을 방법은 뒷말이 불필요하도록 열린 조직문화를 만드는 것입니다. 따라서 인사 절차와 과정을 투명하게 진행하여 이를 조직 내에서 공유하는 게 바람직합니다. 어떤 시스템과 프로세스에 의해서 어떤 방식으로 평가하는지 등을 조직 구성원들이 이해하고, 이것이 공정하고 객관적이라고 신뢰하면 인사 결과에 대한 수용도가 훨씬 높아집니다.

시스템과 프로세스는 투명하게, 그러나 인사 내용은 철저히 기밀로 다루어야 합니다. 이것이 건강한 조직문화를 만드는 데 가장 중요한 일입니다.

3

아, 부하에게 지는 행복함이
얼마나 큰지요

<u>Q</u> 팀원이 성장할 수 있도록 동기를 부여하라고 말씀하셨는데요, 구체적인 방법이 궁금합니다. 팀장 저 스스로도 동기부여가 어려울 때가 많거든요. 또 팀원의 능력을 끌어올릴 수 있는 훈련법, 대화법이 있을까요? 예전엔 스파르타식, 도제식 교육이 많았지만 요즘에는 그런 방법이 먹히지 않거든요.

돌이켜 보면 나는 자식 셋을 키우면서 참 실수를 많이 했습니다. 아이가 글쓰기나 산수를 할 때 내 기대 수준으로 빨리 빨리 따라 하지 못하면 마음이 급해져 다그친 것도 그렇습니다. 그러면 아이는 긴장하고 당황해 실수를 더 많이 하게 되는 악순환에 빠지곤 했지요.

내가 회사 팀원들과의 커뮤니케이션 과정에서 저질렀던 실수도 비슷합니다. 내가 볼 때 팀원이 어떤 최소한의 기준과 업무 내용을 파악하지 못하면 조건반사와도 같이 "아니, 자네는 어떻게 이걸 모를 수가 있단 말이야?"라고 질책이 나왔습니다. 이 말을 이를 악물고 참아내고, "아, 자네가 이걸 모르는구나. 그렇구나. 그럼 이렇게 해보면 어때?"라고 말할 수 있을 때까지는 제법 시간이 걸렸습니다. 교육의 내용이 아무리 좋아도 전달 방식이 정서적 거부감을 일으키면 교육 효과는 형편없이 떨어지는 법이니까요.

진정한 리더가 되고 싶다면

그러나 정서적 반감을 피하려고 특정 대화 기법에만 치중하는 것 또한 근본적인 해결책은 아닙니다. 때로는 강압적인 스파르타식 교육이 아주 큰 효과를 가져오는 경우도 있습니다. 다만 엄격한 조련이 효과를 가져오기 위한 중요한 전제 조건이 있습니다. 신뢰입니다. 신뢰야말로 팀원이 심리적으로 상처를 받지 않게 하는 묘약인 것입니다. 이를 위해서는 1장에서 말했던 '눈 맞춤'이 필수적입니다. '저 사람이 비록 혹독하게 일을 시키지만 그게 나를 고되게 부려먹고 그 덕에 자기 혼자 출세하려고 그러는 것은 아니다. 진정으로 내가 실력을 키우고 이 회사에서 성장하고 성공하기를 바라는 사람이다'라고 생각하고 팀원이 팀장을 신뢰하면, 사실 웬만큼 다그치고 심한 말을 해도 겉으로는 투덜댈지 몰라도 마음으로 상처를 입지는 않습니다. 그러면 업무가 어마어마한 속도로 진행될 수 있습니다.

팀원들은 귀신같이 팀장의 속을 다 꿰뚫어 보고 있다고 생각하는 게 안전합니다. 내 경험으로는 실제로 그랬습니다. 따라서 팀원의 성장을 바라는 나의 마음은 진실해야 합니다. 그러면 진실한 마음은 어떻게 가질 수 있을까요? 그것은 '나는 과연 진정한 리더가 되고 싶은가?'라는 질문과 깊은 관계가 있습니다. 팀장은 팀원을 데리고 함께 일함으로써 조직이 필요로 하는 성과를 내야 할 책임을 가지고 있습니다. 그렇게 하기 위해서 팀장에게는 팀원에 대한 인사권이 주어지고, 그럼으로써 일종의 권력관계가 형성되는 것이지요.

여기서 권력과 권위에 대해서 잠시 생각해 봅시다. 권력이란 남을 내 뜻대로 움직일 수 있는 힘입니다. 소위 직위권력Position Power이 한 예가 되겠지요. 한편 권위란 사람들이 필요할 때 기댈 수 있는 생각과 행동의 단단한 기반을 뜻합니다. 그리고 그 기반은 사람들이 성장할 수 있는 공간을 만들어 내는 역할을 합니다. 따라서 권위는 인간 사회에서, 또 조직 내에서 참으로 소중한 것입니다. 문제는 '권위주의'인데, 이것은 권위는 없이 권력만 행사하려는 것으로서 온갖 왜곡과 비극을 초래합니다. 진정한 리더란 권위에 기반하여 권력을 행사하는 사람, 팀원이 성장할 수 있도록 기회와 공간을 만들어 주는 사람이어야 합니다. '나는 과연 진정한 리더가 되고 싶은가?' 이 질문의 답을 찾다 보면 팀원의 성장을 바라는 진실한 마음을 가질 수 있는 길이 열립니다.

만약 그런 진실한 마음이 없으면 금방 들통나고 맙니다. 어려운 순간이 오면 실수를 하게 되니까요. 예를 들면, 진실한 마음이 없는 팀장은 상사에게 불려 가서 질책을 당한 뒤 자리로 돌아와 팀원들을 탓하면서 화풀이를 합니다. 그러면 신뢰받기 어렵습니다. 반대로 그 상황에서 침묵하면 팀원은 뜨겁게 반응합니다. '내가 만든 보고서를 가지고 위에 가서 분명히 깨지고 왔는데 왜 조용하지? 티를 안 내네?' 부하의 실수는 내 책임이고 그에 따른 질책은 내가 감수한다는 팀장의 자세를 직접 확인하게 되지요.

실제로 상사한테 질책을 받은 뒤 팀원에게 화풀이하지 않고 혼자서 속으로 삭이는 것은 팀장 자신의 자기 객관화에 큰 도움을 줍니다. 팀원과 함께 완성한 보고서를 상사에게 가지고 올라갔을 때는 분명히 나에게 확신이 있어서 그랬을 겁니다. 혹은 내가 급한 마음에 충분히 검토하지 않고 그대로 들고 올라가서 보고했을 수도 있지요. 그런데 상사가 그 보고서에 대해서 질책을 했다면 팀원이나 내가 뭔가를 놓쳤거나, 아니면 상사가 오해를 했거나 등의 이유가 있을 것입니다. 어떤 경우에라도 내가 실무자 팀원을 탓할 일은 아닙니다. 그러려면 상사에게 가지고 올라가기 전에 했어야지요.

또한, 실무 팀원 앞에서 나를 질책한 상사를 비난하는 것도 비겁한 일입니다. 나 스스로나 상사에게 난 화를 부하에게 퍼붓는 건 나 자신에게 좋지 않습니다. 스스로 처리해야 할 일을 남에게 맡기는 격이며, 스스로 성장할 수 있는 기회를 버리는 것이지요. 혼자서 조용히 화를 다스리고 나서 차분히 상황을 분석해 팀원과 함께 대안을 함께 만들어 내면 팀장인 나도 성장할 기회를 얻습니다.

나의 탁월함은 다른 사람들의 도움으로 발휘된다

어떤 최고 경영자의 회사 생활 모토는 "상사에게서 존경받고 부하에게서 인정받자"였습니다. 보통은 상사로부터 인정받기 위해서 전전긍긍하는 경우가 많고 부하로부터 존경받고자 내 실력을 뽐내거나 권한을 앞세우기도 하지요. 그러나 이런 방식은 한계가 분명합니다. 반면에 충분히 실력을 갖추고 소신껏 일하면서도 겸손함을 지키면 상사는 나를 함부로 대하지 못합니다. 오히려 마음속으로 존경하게 됩니다. 한편 팀원에게서 실력과 소신을 인정받지 못하는 팀장은 일하기가 참 어렵습니다. 팀원들은 각자도생의 생존 방식을 취하게 되고 팀 단위의 업무 성과는 나빠질 수밖에 없지요.

사람들이 모여서 함께 일하는 모든 조직에서는 근원적으로 팀워크가 중요합니다. 특히 기업에서는 혼자 할 수 있는 일이 아무것도 없습니다. 모든 일들은 여러 사람의 협업으로 가능한 것입니다. 개인의 탁월함은 주변 동료와 부하들의 자발적 협조 없이는 현실적인 성과로 이어지지 않을뿐더러 지속 가능하지 않습니다. 그래서 팀장의 입장에서는 팀원들의 성장이 곧 나의 성장이라는 확신을 가져야 합니다. 즉, 팀장인 나로 인해서 기회를 갖게 되고 성과를 내며 성장한다고 생각할 때 그들은 자발적으로 나를 돕게 됩니다. 다른 사람들의 도움 없이 나는 결코 리더가 될 수 없습니다. 그런 의미에서 리더란 앞에서 이끌고 가는 사람이 아니라 남들의 도움을 잘 받는 사람이라고 할 수 있습니다. 리더란 앞에서 무조건 나를 따르라고 말하는 사람이 아닙니다. 내 팀원들을 리더로 만들어 주는 사람이 리더입니다. 내 팀원 한 사람 한 사람이 리더가 될 때 나도 비로소 진정한 리더라고 말할 수 있는 것입니다.

물론, 경우에 따라서 비상 상황일 때는 나의 결단과 독자적 행동이 요구될 수 있겠지요. 그러나 그런 경우조차도 사후적으로 동료, 부하들의 이해와 협조를 얻으려고 노력해야 합니다. 그래야 그 결단과 독자적 행동이 현실적으로 유익한 열매를 맺을 수 있는 것입니다. 조직에서는 개인의 탁월함과 조직의 탁월함이 동시에 추구되어야 합니다.

머리가 시원해지고 가슴이 뜨거워지도록

팀원들을 성장시키는 방식은 참으로 많습니다. 보고서 작성의 과정이 아주 훌륭한 교육 방법이 될 수도 있습니다. 회사 생활 초기에 나는 팀원이 보고서를 만들어 오면 빨간 펜 노릇을 많이 했습니다. 그러다 점차 일하는 방식을 바꾸었습니다. 보고서를 완성하기 전에 그 사안에 대해서 담당자와 가능한 한 명확하게 자주 의사소통을 했습니다. 초반에 길을 잘못 들면 수정하는 데 많은 수고가 필요하기 때문이었지요. 둥근 테이블에 앉아서 실무자들과 함께 보고서 초안을 두고 토론했습니다.

처음에 자료를 놓고 보고를 받으면 실무자가 직접 고민한 것인가, 아니면 여기저기서 자료를 짜깁기한 것인가 금방 보입니다. 내가 가장 많이 했던 질문은, "그래, 그런데 자네 생각은 뭔가?"였습니다. 이 질문이 목표하는 것은 실무자의 생각의 근육을 키우고자 하는 것입니다. 금방 답이 안 나오는 경우엔 이리저리 생각의 방향 틀을 더듬어서 "혹시 이런 뜻인가?" 하고 묻습니다. 그렇게 대화를 계속하다 보면 실무자는 조금씩 자기 생각의 줄기를 찾아가게 됩니다. 그러면 처음 보고서에 있는 문장들을 점검하면서 그 문장의 논리적 전개 방식뿐 아니라 그 배경에 있는 생각들을 같이 점검하고 생각들을 맞추어 나가는 작업을 할 수 있지요. 팀장인 내가 답을 다 알고 있는 것은 전혀 아닙니다. 함께 길을 찾아가는 것이지요. 그러다 보면 실무자는 '아하!' 하는 경험들을 하게 되고 그의 표정이 달라집니다. 그럼 묻습니다. "이제 머리가 시원해지고 가슴이 뜨거워졌나?" 실무자의 얼굴에는 미소가 번지지요. 즉, 보고서를 같이 검토하면서 새로운 사고의 지평이 열리고 생각의 근육이 단련되는 것입니다. 한 팀원은 나중에 고백하기를, 처음엔 원장실에 보고서 갖고 들어가면 긴장되고 지적받을까 봐 두려웠는데 차차 그 시간이 기다려지더랍니다. 상사에게 보고하는 것이라기보다는 상호 간의 치열한 지적 토론 시간이었기 때문이었다고요. 참 흐뭇했습니다.

가장 행복하고 짜릿한 쾌감을 느꼈을 때는 부하에게 졌을 때입니다. 팀원이 가져온 보고서 초안을 그냥 얼핏 읽어보고 내가 무엇인가를 지적하는데 팀원이 우물쭈물하면서도 "아, 예, 사실은 그게 아니고요, 이런 겁니다"라고 설명합니다. 나는 다시 읽어보고 '아, 내가 미처 생각하지 못한 부분을 이 친구가 스스로 생각했구나!'라고 깨닫게 되지요. 그가 나를 이긴 것입니다. 아, 부하에게 지는 데서 오는 희열과 행복감이 얼마나 큰지요!

과거의 성공 체험이 혁신의
걸림돌이 되지 않으려면

Q 회사가 또 혁신안을 내놓았습니다. 이번에도 조직 개편 중심의 혁신안을 실행한다고 하지만 이전에도 시간이 지나면서 흐지부지된 적이 있습니다. 저도 혁신이 필요하지 않다고 생각하는 건 아닙니다. 제대로 혁신해서 회사가 발전하기를 간절히 바랍니다. 그런 길이 있다면 적극 동참하고도 싶습니다. 혁신은 어떻게 해야 하는 걸까요?

예, 이젠 사실 '혁신'이라는 말이 진부하게 느껴질 정도지요. 혁신革新이란 '몸의 가죽과 피부를 새롭게 바꾼다'는 뜻이니 사실은 보통 어려운 일이 아닙니다. 손발에 2도 화상만 입어도 새살이 돋는 데는 엄청난 시간이 걸리지 않습니까. 그런데 근래에 와서는 개선 정도의 일에도 혁신이라는 표현을 쓰는 것은 아닌가 하는 생각도 듭니다. 하지만 본래 혁신은 지금 이대로 가다가는 조직의 존립이 위태로워진다는 위기의식에서 출발하는 것입니다.

한동안 경영계에서 유행했던 이야기 중에 소위 '끓는 물 속의 개구리Boiling Frog'라는 말이 있었습니다. 냄비에 상온의 물을 넣고 그 속에 개구리 한 마리를 넣어서 아주 서서히 끓이기 시작하면 개구리는 물이 급격히 뜨거워지는 것이 아니라 서서히 온도가 올라가기 때문에 위기를 감지하지 못하고 그 속에서 유유히 놀다가 결국은 삶아진다는 것이지요. 기업도 조직도 똑같다는 것입니다. 경영 위기의 징후가 보이는데도 그냥 그대로 있으면 결국 망한다는 것이지요. 또 한 가지는 소위 '불타는 시추선Burning Platform'이라는 비유입니다. 북해의 어느 해양 가스 시추선에 화재가 났습니다. 폭발로 부근이 이미 불바다인데 뛰어내리면 죽을 수도 살 수도 있지만 그냥 있으면 반드시 죽는다, 그러니 뛰어내려야 한다는 것입니다. 이 말은 기업은 위기 상황에서 과감한 결단과 혁신으로 맞서야 한다는 것입니다. 또한, 혁신은 물이 내 발목 정도까지 왔을 때 바로 시작해야 합니다. 무릎까지 차올랐을 때는 이미 그냥 걷기도 힘든 상태입니다. 이 상태에서 달린다는 것은 더욱 불가능하지요. 더더군다나 물이 가슴팍까지 차오르고 난 후에야 혁신 프로젝트를 시작한다면 그건 아무런 도움이 되지 않습니다. 이미 늦었습니다. 배를 버릴 때입니다.

조직 개편이 경영혁신일까?

혁신 작업이 성공하기 위해서는 우선 최고 경영자의 확고한 내적 확신과 더불어 그 리더십의 진정성이 확보되어야 합니다. 어떤 프로젝트를 리더가 자기 자신의 안위를 위해서 하는 것이 아닌, 그 자신이 희생되더라도 조직의 미래와 후배들을 위해서 하는 것이라고 느낄 때 조직 구성원들은 전폭적인 신뢰를 보냅니다. 즉, 진정성은 리더의 자기희생을 먹고 자랍니다.

다음으로는 조직 내부에서 위기의식이 공유되어야 한다고 생각합니다. 조직의 최상부에서만 논의되고 나머지 조직 구성원들이 소외된 채로 시행되는 조치들은 억지로 밀어붙일 수 있을지는 모르지만 자발적 참여와 실행 단계에서의 창의력은 확보하지 못할 가능성이 큽니다. 따라서 큰 효과를 보기 어려울 뿐 아니라 시간이 가면 유야무야되기 십상입니다.

예를 들면 경영혁신의 목표를 달성하기 위한 방책의 하나로 조직을 개편할 수 있습니다. 그런데 개편 후 조직이 기대한 대로 작동하기 위해서는 구성원들의 적극적인 역할이 필요합니다. 이 단계에서 자발성과 창의성이 확보되지 못하면 결코 기대한 효과를 보기가 어렵지요. 또한, 적지 않은 경우 조직 개편이 재무적 관점에서 추진될 때가 있습니다. 물론 경비 절감 그 자체를 위한 조직 개편이 있을 수도 있지만 잘못하면 업의 본질을 훼손하게 되는 결과를 가져올 수도 있습니다. 일단은 생존이 우선이지만 단지 생존만

이 조직의 존재 목적일 수는 없습니다. "우리 회사는 왜 존재하고 무엇을 이루려고 하는 것인가?"라는 질문에 경영진은 늘 답할 수 있어야 합니다. 그래서 조직 개편도 '비용을 어느 정도 절감하기 위해서'라는 접근보다는 '어떠한 산출물을 만들어 내기 위해서', 즉 재무적 관점보다는 전략적 관점에서 검토되고 시행되어야 합니다. 그리고 지나치게 잦은 조직 개편은 조직 내부의 불안정성을 키울 수 있습니다. 물론 수시로 모이고 흩어지면서 일할 수 있는 태스크포스형 혹은 아메바형 조직 운영도 가능합니다만 이 또한 전략적 선택의 문제라고 생각됩니다.

특별했던 1990년대, 학습 과정으로서의 경영혁신 전략

돌이켜 보면 한국경제는 1962년에서 1981년, 20년 사이에 GNP 연평균 8.4%라는 세계사에 유례없는 경이로운 고도성장을 이루어 냈습니다. 이 성장은 당시 소위 경제적 낙수효과Trickle-down Effect 이론에 기초하여 대기업에 집중된 정책금융의 지원, 그리고 이를 활용해서 기업을 일군 탁월한 창업가들, 그리고 무엇보다도 헌신적으로 저임금 장시간 노동에 투신해 준 노동자들 덕분에 이룰 수 있었습니다. 처음에는 수입 대체 경공업과 생활용품 수출 산업으로 시작해서 중화학공업단계로 산업구조를 업그레이드시키며 세계적인 수준의 기업들도 등장하게 되었습니다.

그러나 1980년대에 들어오면서 소위 고도 성장기를 만들어 냈던 정부의 경제 정책과 기업의 경영 방식, 지배구조는 한계를 드러내기 시작했습니다. 우리의 자체 브랜드로 세계시장에서 인정받고 제값을 받는 제품이나 서비스가 없다시피 했고 여전히 소위 '주문자위탁생산(OEM)' 방식이 대세였기에 이노베이션의 바탕이 취약했습니다. 저임금에 기초한 단순 조립 방식으로는 더 이상 세계시장에서 경쟁력을 가질 수 없다는 인식이 생겨나기 시작했습니다. 그리하여 기민한 추격자Fast Follower로서는 유례없는 성공을 거두었지만 이제 시장 선도자First Mover가 되지 않고는 미래가 없다는 깨달음하에 그 길을 찾기 위해 분투하기 시작했습니다.

그런 점에서 1990년대는 참 특별한 시기였던 것 같

습니다. 기업들은 이전과 달리 일본을 넘어서 미국과 유럽의 선진 기업들로부터 배우기 위해 부지런히 해외로 나가기 시작했습니다. 전에는 바이어를 만나고 수출입 거래를 성사시키기 위해서 해외로 나갔지만 이제는 신기술과 기업 경영의 노하우를 배우기 위해 나가기 시작한 것이었지요. 그러면서 해외에서 이러한 지식과 경험을 쌓은 한국 인재들을 대규모로 과감히 초빙하기 시작했습니다. 즉, 1990년대는 한국 기업들이 새로운 것을 배우기 위해 학습에 엄청난 투자를 한 시기였습니다.

이 시기에 세계적인 컨설팅 업체들은 한국의 공공부문과 기업들을 대상으로 수없이 많은 프로젝트들을 수행하기 시작했습니다. 그 과정에서 한국 기업들은 새로운 용어와 개념들을 배우고 소위 경영 전략, 조직 구조, 경영 시스템 등을 도입하고 또 현장에 접목하기 시작했습니다. 소위 경영혁신의 전성기라고까지 말할 수 있을 정도였지요. 나라 전체로 볼 때 1990~2000년 사이에 지출한 공공 부문과 민간 부문의 컨설팅 비용을 합치면 아마도 수천억 원 이상일 것으로 생각됩니다.

그런데 실제로 이러한 경영혁신 프로젝트들은 얼마나 성공했을까요? 나의 판단으로는 분명히 학습은 많이 일어났지만 실제적인 혁신의 결과는 그리 크지 않았을 거라고 생각합니다. 왜 그랬을까요? 앞에서도 언급했지만 우선 혁신이라는 용어는 '가죽을 새로 갈다'라는 의미인데 말이 그렇지 몸의 가죽을 벗겨내고 새 가죽으로 간다는 것이 쉬운 일이겠습니까? 익숙한 것을 포기하고 거의 죽을 각오로 매진하지 않으면 안 되는 일이기에 많은 경우에 시늉만 내다가 말게 되는 것이지요. 또 한 가지는 컨설턴트는 어디까지나 컨설턴트라는 것입니다. 내가 무엇을 원하는지가 분명치 않은 상태에서 컨설턴트에게 의지하면 끌려가게 마련이고 컨설턴트 보고서도 보기에는 그럴듯하지만 진정 내 것이 아닌 것이 되지요. 몸에 맞지 않는 옷을 걸치게 되니 결국에는 벗어서 버리게 되는 것입니다. 그리고 가장 중요한 것은 전략의 실행은 어디까지나 내부 인재들이 해야만 한다는 점입니다. 전략 수립 과정에서는 많은 프로젝트 수행 과정에서 자체 내에 축적된 데이터와 경험이 풍부한 컨설팅 회사의 도움을 받을 수 있겠지만 만일 내부 인재들에 대한 신뢰가 부족하여 외부 컨설턴트를 임원으로 임명해서 실행을 맡긴다면 대체로 실패의 길로 가게 됩니다. 그 이유는 전략의 실행이라는 것은 수립과는 달리 조직문화와의 정합성이 결정적인데 이 영역에서 외부 컨설턴트 출신들은 대체로 무능하거나 무관심하여 기존의 내부 구성원들을 소외시키기 때문입니다.

성공 체험과 똑똑함의 함정

또 한편 혁신이 실패하는 것은 최고 경영자를 포함한 시니어 임원들의 과거 성공 체험이 오히려 혁신을 저해했기 때문일 수도 있습니다. 설혹 겉으로 표현을 하지 않는다 하더라도 과거의 성공 방식에서 벗어나지 못하여 심리적으로 저항하고 거부함으로써, 시간이 가면서 결국은 그 혁신 전략이 실행되지 못하는 것이지요.

과거의 성공 체험이 혁신의 걸림돌이 아니라 촉진제가 되려면 어떻게 해야 할까요? 근본적으로는 최고 경영자와 임원진이 늘 깨어 있어야 합니다. 자신의 성공 체험이 전부가 아니고 변화와 위기는 늘 예상치 못한 곳에서 올 수 있다는 열린 자세를 가져야 합니다. 최고 경영자는 회사의 현재와 미래를 고민하고 길을 찾으려 애써야 합니다.

자신의 재임 기간에만 성과를 내려는 사람은 결코 처절하게 고민하지 않습니다. 자신을 희생하는 한이 있더라도 자신 이후의 회사를 고민하고 준비하는 최고 경영자에게 조직 구성원들은 진정성을 느낍니다. 그리고 앞에서도 말했듯이 그 진정성에 대한 전폭적인 신뢰야말로 실질적인 혁신을 가능케 하는 가장 큰 힘입니다.

혁신과 관련하여 리더가 하기 쉬운 실수가 한 가지 더 생각납니다. 회사가 어려운 상황에서 리더는 똑똑하면서 오만한 사람에게 끌리는 경향이 있습니다. 이런 사람들은 일을 굉장히 잘할뿐더러, 특히 윗사람에게는 아주 잘 보일 가능성이 큽니다. 그런데 문제는 이런 사람 곁에는 다른 사람들이 모이지 않는다는 데에 있습니다. 왜냐하면 똑똑하고 오만한 그는 무능함을 죄악으로 여기기 때문에 주변 사람들로 하여금 모멸감을 느끼게 만들기 때문입니다. 최고 경영자는 장점을 가진 다양한 사람을 품어야 하는데 이런 사람 때문에 필요한 인재를 놓칠 위험이 있습니다. 따라서 성공 체험과 똑똑함은 미래를 위한 아주 긴요한 자산일 수도 있지만 또한 독이 될 수도 있다는 사실을 잊지 말아야 합니다.

머리에서 가슴으로 가는 길

결국, 혁신이 실패하는 가장 큰 원인은 최고 경영자가 머리로는 그것을 이해하지만 가슴으로는 그것을 연결하여 체화하지 못했기 때문입니다. 머리에서 가슴까지의 거리는 참으로 멉니다.

짐 콜린스는 그의 저서 『좋은 기업을 넘어 위대한 기업으로』에서 위대한 기업을 만든 경영자들은 대개 리더십의 가장 높은 수준인 제5단계 리더십에 도달한 사람들이라고 말하고 있습니다. 이 단계의 리더는 인간적 겸허함Personal Humility과 직업적 의지Professional Will를 역설적으로 융합Paradoxical Blend하여 자신이 퇴임한 이후에도 회사가 지속적으로 위대할 수 있도록 만드는 경영자라는 것이지요. 여기서 역설적이라는 것은 얼핏 모순되어 보이는 두 가지 중에서 한 가지를 선택하는 문제 해결 방식이 아니라, 그 두 가지를 모두 뛰어넘는 차원에서 두 가지 모두를 포용하는 새로운 길을 찾는 것, 음양을 포괄하는 태극 문양 같은 것이라고 이해할 수 있습니다. 겸허함, 휴밀리티Humility의 어원은 휴머스Humus인데, 이는 유기질이 풍부한 짙은 색깔의 흙을 뜻한다고 합니다. 한편, 굴욕이라는 의미의 휴밀리에이션Humiliation 역시 땅, 흙, 아래, 낮음 등의 어원적 의미를 갖고 있습니다. 그래서 겸허함이라는 것은 굴욕을 참아내는 행동, 그 끝에서 얻어지는 것이 아닐까, 겸허함을 얻으려면 굴욕이라는 단련이 필요한 것이 아닌가 생각해 봅니다.

조직을 위하는 마음이 누구보다도 크며, 높은 능력을 인정받고 또 성과를 내는 중간 관리자도 간혹 회사 안에서 자존심에 상처를 입고 심지어 모멸감을 느끼며 또 굴욕적인 대접을 받게 되는 경우가 있습니다. '이건 부당하다, 옳지 않다, 정의롭지 않다'라고 느끼면서 분노하고 좌절하기도 합니다. 그러나 어쩌면 그 사람에게는 그것이 굴욕이라는 단련 과정을 통해 겸허함의 단계로 올라갈 수 있는 절호의 기회일지도 모른다는 생각을 해봅니다.

지식이 지혜가 되기 위해서는 반드시 머리가 가슴에 도달해야 합니다. 그런데 머리에서 가슴까지는 가장 먼 거리이기도 하거니와 바로 갈 수도 없는 길입니다. 머리의 생각이 땅으로 떨어져 흙 속에서 뒹굴고 나서야 드디어 가슴에 도달하는 경험을 할 수 있는 것, 이것이야말로 리더십 도약의 비밀 경로입니다.

백도 줄도 족보도 없는 나, 인사철마다 상처받아요

Q 작은 회사다 보니 인사철마다 난리입니다. 어떤 부서는 일 잘하는 직원이라고 꼭 잡고 내놓지 않습니다. 그 때문에 다른 부서는 구성원을 구하지 못해서 발만 구릅니다. 원칙 없는 인사로 직원들도 눈치 게임을 하느라 스트레스가 쌓이고 마음의 상처를 입어 업무가 제대로 이뤄지지 않을 정도입니다.

내가 그룹 인사 담당 부사장으로 8년간 일하면서 한 해도 인사가 어렵지 않았을 때가 없었습니다. 어느 해에는 그룹 전체적으로 아주 중요한 포지션의 후임자를 선정하는 데 반년 이상을 고심한 적도 있었습니다. 여러 후보자들을 놓고 수십 차례 객관적 자료를 바탕으로 심사숙고하여 연말에 최종 결정을 내렸지요. 그러나 그렇게 최선을 다해도 반드시 결과가 좋다는 보장은 없었습니다. 그 임원은 기대보다 빨리 그룹 내의 다른 자리로 옮겨 가야 했으니까요.

인사는 참으로 어렵습니다. 채용, 평가, 보상, 승진, 해임 등 한 개인과 회사와의 개별적 고용관계에서부터 조직 구성원의 대표인 노동조합이나 사원 협의체와 회사의 집단적 관계에 이르기까지, 또 조직 혁신과 조직 개발까지, 인사는 영역도 넓지만 복잡성도 대단합니다. 이렇듯 인사가 어려운 근본적인 이유는 그 대상인 개인과 업무가 고정돼 있는 것이 아니라 늘 변화하기 때문입니다.

인사의 원칙과 시스템을 제대로 갖추어야

단순하게 모델화하면 한 개인의 성과는 능력, 동기, 그리고 기회라는 세 가지 요소의 곱으로 결정됩니다. 다시 말해, 능력 수준이 높고 동기부여가 잘될 때 일할 기회가 주어지면 높은 성과를 냅니다. 그러나 이 세 가지 요소 중 하나라도 0이면, 곱하기이기 때문에 성과도 0이 됩니다.

이때 '능력'은 고정되어 있는 것이 아닙니다. 개발에 따라 얼마든지 달라질 수 있습니다. '동기' 역시 여러 가지 요인들에 의해서 변화합니다. 한편 능력이 크고 동기가 높아도 일할 '기회'가 주어지지 않으면 아무 성과도 낼 수 없습니다. 따라서 인사적 관점에서 볼 때 개인은 움직이는 과녁입니다.

업무 역시 고정돼 있는 게 아닙니다. 기술 발달과 시장 여건에 따라 과거보다 변화 속도는 더 빨라지고 있습니다. 따라서 변화하는 개인과 업무를 매칭시키는 인사는 어려울 수밖에 없습니다.

어려운 인사를 잘하기 위해서는 인사 원칙과 시스템

을 제대로 갖춰야 합니다. '인사철마다 난리'라는 것은 그 시스템이 제대로 갖추어져 있지 않거나 갖추어져 있더라도 잘 작동하지 않는다는 뜻입니다. 경영진의 필요에 따라서 주관적이고 자의적으로 판단하고 인사권을 행사함으로써 조직 내에 불안과 혼란을 초래하게 되는 것이지요. 따라서 원칙과 시스템에 의한 예측 가능성이 없으면 직원들은 불안해하고 결국 인맥에 의지하려 합니다. 결국 공정성이 무너지고 신뢰가 깨집니다. 그런 조직의 창의성과 생산성이 높을 리가 없습니다. 직원들은 자신에게도 기회가 생길 것이고, 열심히 일하면 보상받을 것이라는 믿음을 잃게 되니까요.

인사 원칙과 시스템이 없는 회사에서는 특정 직원을 유난히 끼고 도는 상사가 생겨납니다. 일을 잘한다 싶으면 그 직원을 길게 보고 키우려 하기보다는 당장 옆에 두고 써먹으려고 하는 것이지요. 혹시 다른 부서에서 꼭 필요하니 달라고 해도 절대로 내놓지 않습니다. 심지어는 자신이 부서를 옮길 때 데려가는 경우도 있습니다.

그러나 일 잘하는 직원을 꼭 붙잡아 놓는 상사는 하수

중의 하수입니다. 그런 방식으로는 개인도, 조직도 성장할 수 없습니다. 그런 부서장이나 임원들은 대개 자기 승진과 보상에만 매몰돼 있어 회사 전체에 도움이 되지 않습니다. 경제이론을 들먹이지 않더라도 조직 내에서 인적 자원의 투입과 배분을 통해 성과를 극대화하려면 단위조직 수준을 넘어서 회사 조직 전체의 수준에서 최적의 인사가 이루어져야 하는 게 당연합니다.

과정은 투명하되 사람은 보호해야

그래서 나는 내 밑의 직원을 달라고 하면 열에 아홉은 두말하지 않고 내놓았습니다. 그 누가 와서 나와 함께 일해도 나는 할 수 있다는 자신감이 있었고, 또한 그 누구라도 우리 조직이 뽑은 사람이라면 기본 이상은 할 것이라는 신뢰가 있었기 때문입니다. '이 회사에 들어올 정도의 직원들이라면 기본적으로 능력에는 큰 차이가 없다, 문제는 얼마나 일에 집중하고 투신해서 주인 정신을 발휘하느냐에 있다'라고 판단했습니다.

그래서 다른 계열사에서 내 밑에 있는 사람이 꼭 필요하니 달라고 하면 그 직원이 그곳으로 가서 얼마나 성장할 수 있을지 짚어보고 본인 의사를 확인한 뒤에 원한다면 바로 보내주었습니다. 당장은 좀 아쉬울 수 있지만 당분간은 내가 좀 더 일하고 다른 직원을 키워서 쓰면 된다고 생각했습니다.

한번은 해외유학 파견을 다녀온 한 직원을 다른 큰 계열사에서 꼭 필요하니 보내줄 수 있겠느냐고 요청해 왔습니다. 내 판단으로 그는 더 큰 조직에서 경험을 쌓을 때 성장 가능성이 더 큰 사람이었기에 보내주기로 결정했지요. 하지만 당시 인화원 임원들은 다들 반대했습니다. 우리가 돈 들여서 유학 보내놓고 왜 다른 계열사 좋은 일을 시키느냐고요. 그래서 내가 그랬습니다. "그 유학 비용 자네가 댔나? 계열사에서 냉장고 팔고, 텔레비전 팔아서 그 돈으로 우리에게 교육비를 내준 거 아닌가? 그러니 그 회사에서 필요로 하고 또 더 큰 인재로 성장할 수 있다면 그렇게 하는 게 당연한 것 아닌가?" 결국 그 직원은 계열사에 가서 나날이 성장했을 뿐만 아니라 인화원의 든든한 우군이 되었습니다. 인화원은 업무 성격상 각 계열사와 협업할 일이 많은데 그때마다 그가 앞장서서 필요하면 계열사를 설득하며 인화원을 도왔기 때문입니다. 처음에 전출을 반대했던 이들도 나중에는 아주 흡족해했습니다.

인사 시스템이란 무엇일까요. 흔히 인사는 투명하고 공정하며 예측 가능해야 한다고들 말합니다만 이게 무슨 뜻일까요. 먼저 투명하다는 것은 인사 프로세스가 투명하다는 뜻입니다. 즉, '우리 회사에서는 인사가 대개 이런 과정을 거쳐서 이런 방식으로 이루어진다'는 것을 조직 구성원들이 이해하고 있다는 뜻입니다. 이때 개별 인사의 내용은 철저히 비밀로 다루어져야 하는데 이는 당사자 개인을 보호하기 위해서입니다. 다음으로 공정해야 한다는 것은 인사가 인사 원칙에 맞게 수행된다는 말입니다. 연고나 친소 관계에 따라서가 아니라 그 사람의 능력과 성과, 그리고 장기적인 성장 가능성을 고려해서 이루어져야 한다는 것이지요. 마지막으로 예측 가능하다는 것은 인사 시스템에 대한 신뢰를 의미합니다. 시스템과 프로세스가 제대로 작동된다는 신뢰가 있으면 설혹 최종 발표되는 인사 내용이 과거와는 달리 파격적이라고 해도 여전히 그것은 예측 가능한 것이라고 할 수 있습니다.

인사 시스템의 기본은 인사 원칙입니다. 예를 들면 '고객 가치 창출의 원천은 개인의 창의와 자율이다', '인재는 장기적 관점에서 계획적이고 의도적으로 육성한다', '보상은 개인과 부서의 능력과 성과에 따라서 한다', '승진은 능력과 리더십을 바탕으로 하고 급여 인상이나 보너스는 성과에 따라서 한다', '노사관계는 파트너십 모델을 기본으로 한다' 같은 큰 원칙들을 생각할 수 있습니다. 좀 더 실무적 레벨에서는 '순환 근무는 3년, 해외 근무는 4년을 기준으로 한다', '상위 직급은 고정급과 변동급의 비율을 70:30으로, 하위직은 90:10을 기준으로 한다' 등이 있겠지요.

물론 예외 상황은 생길 수 있습니다. 인사는 원칙을 지키되 기존의 관행이나 관습에 얽매여서는 안 됩니다. 시장 상황이 항상 변하는 만큼 인사도 유연성을 가져야 합니다. 그런데 유연성의 전제 조건은 자기 중심성의 확보입니다. 인사 원칙에 단단히 뿌리박고 중심성이 확고한 조직이어야만, 바람에 흔들리면서도 쓰러지지 않는 뿌리 깊은 나무와 같이, 몰아치는 파도에 유연히 대응하면서 씩씩하게 자라는 해초와 같이 성장할 수 있습니다.

그런데 기업 현실에서는 상위 직급으로 올라가는 적지 않은 관리자나 경영자들이 움직이는 과녁으로서의 개인에 관한 깊은 고민이나 경험 없이 부하 직원들을 쉽게 교체 가능한 기계 시스템의 부품으로 보고자 하는 경향이 강합니다. 왜냐하면 그렇게 생각하는 것이 단순하고 빠르며 쉽기 때문입니다.

그러나 조직은 물리적 결합이나 분해로만 운영되는 게 아닙니다. 사업적 필요에 따라 조직을 개편했는데 새 조직이 제대로 작동하지 않는다면 대부분 화학적 결합의 중요성이 간과되었기 때문입니다. 그래서 조직 개편과 인사적 의사결정이 인사 원칙들에 따라 이루어지고 있는지를 늘 점검하고 필요시 보완해야 하는 것입니다.

서양의 관점에서 보면 인사란 '사람과 일을 매치시키는 것'입니다. 20년간 GE의 최고 경영자였던 잭 웰치Jack Welch (2020년 3월 타계)는 인사의 요체를 "제대로 된 사람Right People을 뽑아서 이기는 팀Winning Team을 만드는 것"이라고 했습니다. 동양의 관점으로는, 2,000여 년 전에 쓰인 『맹자』, 「공손추」편에 나오는 존현사능 준걸재위尊賢使能 俊傑在位, 줄여서 임현사능任賢使能을 들 수 있습니다. "현명한 사람을 존중하고 발탁하여 필요한 자리에 임명해 뛰어난 인재들이 모두 제 역할을 하도록 하는 것"이 인사입니다. 2,000년 전 동양에서부터 21세기 서양에 이르기까지 인사의 본질은 이처럼 똑같습니다. 다음 장에서는 어떻게 하면 인사를 잘할 수 있을지에 대해 이야기해 보겠습니다.

남다른 길 선택하는
외로운 중간 관리자가 사장이 된다

Q 지난 글에서 인사에 대해서 서양적 관점으로는 GE의 회장이 었던 잭 웰치가 말한 "제대로 된 사람을 뽑아서 이기는 팀을 만드는 것", 동양적 관점에서는 『맹자』, 「공손추」 편에 나오는 "현명한 사람을 존중하고 발탁하여 필요한 자리에 임명해 뛰어난 인재들이 모두 제 역할을 하도록 하는 것"이 인사의 본질이라고 했습니다. 그러면 인사는 어떻게 잘할 수 있는 것일까요?

우선 조직 안에서 인사 부문과 담당자의 역할에 대해서 조금 이야기해 보겠습니다. 앞에서 말한 대로 인사 시스템과 프로세스는 투명하게, 그러나 인사 내용은 철저히 기밀로 다루는 것이 인사의 기본입니다. 소위 인비 사항이라고 해서 개인의 인사와 관련된 내용을 철저히 비밀로 다루는 이유는 인사 대상자인 그 개인을 보호하기 위해서입니다.

간혹 인사 담당자가 자신이 인비 사항을 다루는 것을 무슨 특권을 가진 듯 착각하고 그것을 조직 내에서 자신의 위치를 강화하거나 자신의 이익을 위해서 활용하려는 경우가 있습니다. 절대로 인사업무를 해서는 안 되는 사람입니다. 인사는 인사권자가 하는 것이지 인사 담당자가 하는 것이 아닙니다. 즉, 최고 경영자, CEO가 자신에게 주어진 고유의 권한과 책임으로서 경영권과 인사권을 행사하는 것입니다.

인사 부서나 인사 담당자의 역할은 인사권자가 인사권을 제대로 행사할 수 있도록 인사 시스템과 프로세스를 포함한 인사제도를 만들고 또 그것이 제대로 작동되도록 일종의 프로세스 제공자Process Provider로서 일하는 것입니다. 참고로 LG에는 CHO(최고 인사책임자)라는 직책이 있습니다.

CHO는 CFO(최고 재무책임자), CTO(최고 기술책임자)와 같은 레벨의 고위직 임원이며 Chief Human Officer의 약자입니다. 경영 사상가 찰스 핸디Charles Handy는 최근 인터뷰에서 인사 업무를 하는 사람은 스스로를 관리자가 아닌 조력자로 자리매김해야 한다고 조언합니다. 즉, 회사에서 일하는 사람들은 관리되어야 할 인적 자원이나 부품이 아니라고 말하며, 일하는 인간은 욕구와 자율성을 지닌 독특한 주체이기에 격려와 용기로 움직인다는 것입니다. 참 반가운 언급입니다. 그런데 나는 2014년에 출간한 졸저『경영은 사람이다』에서 노동하는 인간은 인적 자원인 동시에 가치 창출의 원천이라고 밝힌 바 있습니다. 노동하는 인간의 이러한 자원 측면과 원천 측면을 함께 다룰 수 있는 사람이 CHO입니다.

이 역할을 제대로 수행하기 위해서는 기본적으로 두 가지 능력과 세 가지 자세가 중요한데, 필요 능력으로서는 (1) 시장에 대한 이해Markets, (2) 인간에 대한 애정Minds, 그리고 필요 자세로서는 (1) 전문가 정신Professionalism, (2) 진실한 인품Integrity, (3) 기밀 엄수Confidentiality가 그것입니다. 이 다섯 가지의 영문 첫 글자를 모아서 MMPIC라고도 합니다.

인사업무를 하는 사람은 자신의 회사가 시장경쟁에서 생존해야 하고 또한 지속적으로 성장해야 하는 것을 깊이 이해해야 합니다. 그리고 인간에 대한 애정에 바탕을 두지 않고는 조직 구성원들을 제대로 이해할 수 없음을 인지해야 합니다. 전문성 없이 아무나 인사업무를 할 수 없습니다. 경제, 경영, 심리, 사회, 법 등에 대한 지식으로 무장해야 합니다. 진실한 인품을 가진 사람은 표리부동하지 않고 인사 업무를 통해 자신의 사적 이득을 꾀하지 않습니다. 그리고 기밀 엄수를 위해서는 때로는 사표를 낼 정도의 각오를 가지고 인사 기밀을 지켜야 합니다. 이러한 자격을 갖춘 인사 담당자들만이 조직을 건강하게 키워낼 수 있습니다.

남을 평가하기 전에 자기 내면을 먼저 들여다봐야

인사를 잘하기 위해서는 우선 일의 내용을 정확히 파악한 후 그 역할에 맞는 사람을 찾아야 합니다. 이를 위해선 사람을 평가하는 방법, 무엇보다 사람을 평가하는 기준이 먼저 정해져야 합니다. 또한, 우리 회사에서 제대로 된 사람이란 어떤 사람인가에 대한 답을 할 수 있어야 합니다. 다른 조직에서 유용한 사람이라고 반드시 우리 회사에도 유용하다는 법은 없기 때문이지요. 그래서 평가 기법을 마련하기에 앞서 우리 회사가 추구하는 공유가치가 무엇인지에 대한 내부 논의와 합의가 필수적입니다. 이러한 공유가치를 현실 시장과 조직에서 실현하는 주체로서 조직 구성원들이 과연 어떤 능력과 태도, 동기를 갖추어야 하는지도 그다음에 정해야 합니다.

핵심은 제대로 된 인재 Right People 는 최우수 인재 Best People 와는 다를 수 있다는 점입니다. 일반적으로는 두뇌 회전이 빠르고 좋은 성적으로 학교를 졸업한 사람을 최우수 인재라고 부르지만 그가 우리 회사를 위한 제대로 된 인재일 것이라는 보장은 없습니다. 제대로 된 인재를 뽑을 때 가장 중요한 것은 평가자의 능력입니다. 즉, 사람 보는 눈이 있어야 하는 것이지요. 사람을 평가하기 위해서는 사람을 이해해야 합니다. 이해 없는 평가는 오류일 가능성이 큽니다.

실제로 회사들이 활용하는 평가 프로그램은 많은 경우 몇 가지 역량 Competence 을 중심으로 강점, 단점, 보완점의 프레임에 바탕을 둔 경우가 많습니다. 물론 필요한 부분이지만, 이것만으로는 한 개인을 제대로 이해했다고 말하기 어렵습니다. 여러 가지 성격 검사 도구들을 활용하는 것도 도움이 되겠지만 그것들을 넘어선, 그 사람의 성품Character까지도 이해하려는 노력이 필요합니다.

율곡 이이의 『석담일기』에 나오는 부분을 봅시다. 허구한 날 1년에도 몇 차례씩 재상들을 경질하는 선조에게 율곡은 상소문을 올려서 임현사능의 중요성을 강조합니다. 그리고 사람을 제대로 보려면 임금 자신이 마음을 잘 닦아야 한다고 직언합니다. 요즘 말로 표현하면 인사권자의 자기성찰 지능을 문제 삼은 겁니다.

교육심리학자 하워드 가드너의 다중지능이론(언어, 논리수학, 공간, 음악, 신체운동, 인간친화, 자기성찰, 자연친화 등 8개) 중에서 자기성찰 지능이란 말 그대로 자신의 내면을 들여다볼 줄 아는 능력입니다. 자기 마음을 맑게 하면 거울과도 같아져서 상대방을 내가 보고 싶은 대로 나의 편견을 가지고 보는 것이 아니라, 있는 그대로 볼 수 있다, 즉 여실지견如實知見할 수 있다는 이야기입니다. 자신의 내면으로 들어가는 자기성찰은 침묵과 홀로 있음 속에서 자신과 대면함으로써 가능합니다.

예를 들면 우월감이나 열등감이 심한 사람은 자신의 내면을 투사하여 상대방을 보기 때문에 제대로 된 평가를 하지 못할 수 있습니다. 만약 우월감이 지나친 경우라면 상대가 무능할 때 그걸 죄악이라고까지 여길 수 있습니다. 반대로 열등감이 지나친 경우라면 상대방의 일부 장점을 그 사람 전체로 확대하여 보면서 판단을 그르치지요. 그러니 남을 제대로 평가하려면 먼저 자신의 내면을 잘 들여다보고, 자신의 우월감이나 열등감을 직시하고 거기로부터 자유로워지는 작업을 할 필요가 있습니다. 이렇게 마음을 닦는 일은 쉽지 않습니다. 자연을 가까이하고 명상을 포함한 영성적인 훈련을 하는 것이 큰 도움이 됩니다.

단련으로 신중하게 인재 키우기

앞서 말한 것처럼 나는 내 밑의 직원을 달라고 하면 두말하지 않고 내놓았습니다. 하지만 직원을 내어주었다고 해서 그 직원을 잘 봐달라고 청탁하지는 않았습니다. 오히려 그 반대이지요.

한번은 내 밑의 한 부장을 눈여겨본 계열사 사장이 그를 스카우트하겠다고 하더군요. 임원을 바로 시키겠다고요. 나는 그러지 말고 데려가서 1년 정도 직접 실력과 인품을 살펴보라고 제언했습니다. 1년이 지나자 그를 임원으로 승진시켜도 되겠다고 그 사장이 다시 말하더군요. 그런데도 나는 아직 좀 이르니 조금 더 지켜보는 게 어떻겠냐고 했습니다. 그랬더니 그 사장이 화를 내면서 "아니, 일을 제대로 하려면 임원을 시켜야 하는데 왜 자꾸 못 하게 하냐?"라고 따지더군요. 그래서 내가 마지못해, 정 그러면 그렇게 하시라고 했습니다. 내가 아끼는 직원을 잘 봐달라고 부탁하는 게 아니라 오히려 승진을 방해한 셈인데, 나는 그것이 그 직원에게도, 사장에게도 바람직하다고 판단했습니다.

조직 내에서 지나치게 빨리 승진하는 것은 길게 보면 좋지 않을 수 있습니다. 주변으로부터 불필요한 견제와 방해를 받을 수 있을 뿐만 아니라 간혹 본인의 자아 팽창Ego Inflation을 가져와서 과욕을 부리거나 실수를 하게도 만듭니다. 또한 CEO가 외부에서 직접 데려온 사람이라고 하면 주변의 협조를 얻는 데에도 어려움이 생길 가능성이 있습니다. 그러나 수평 이동을 한 뒤 능력과 성과를 인정받아 승진하면 무리가 없고 그 CEO를 위해서도 좋은 일이지요.

회사 안에서 성장의 기회가 늘 지속적으로 오는 것은 아닙니다. 여러 가지 여건이 무르익었을 때 간혹 옵니다. 상사의 임무는 늘 안테나를 세워서 그런 기회를 포착하고 그 개인이 성장할 수 있도록 도와주는 것입니다. 직원은 자녀와 비슷합니다. 자녀를 아끼는 마음에 끼고 돌기만 하면 그 자녀는 성장할 기회를 얻지 못합니다. 넘어져 본 경험이 많아야 스스로 일어나는 법을 깨칩니다. 다칠까 봐 한 번도 넘어지지 않게 하면 결코 일어나는 법을 배우지 못합니다.

적극적으로 다가가고 소통해야

조직이 건강하지 못할 경우 여러 가지 증상이 나타나는데 그중 하나가 이직 현상입니다. 최근에, 한 회사에서 5년 전 1,000명 이상의 지원자 가운데 다섯 명의 신입 사원을 뽑았다는 이야기를 들었습니다. 그런데 5년 만에 그 신입 사원들이 거의 다 떠나고 이제는 한 명만 남았다고 하더군요. 나는 신입 사원들이 채용되고 이직하기까지 회사는 뽑아놓은 인재를 지키기 위해서 얼마나 노력을 했을까 하는 의문이 들었습니다.

회사 내에 좋은 인사 시스템을 갖추고 채용을 잘하는 것도 중요하지만 힘들게 뽑은 좋은 인재를 놓치지 않는 것이 더 중요한 일입니다. '일단 뽑아놓았으니 알아서 잘하겠지, 설혹 나가게 되더라도 다른 지원자가 많으니 또 뽑으면 되지'라고 안일하게 생각한다면 정말 위험합니다. 높은 이직률은 채용 관련 비용을 증가시킬 뿐만 아니라 조직 내의 암묵지Tacit Knowledge(경험적 지식), 또는 긍정적 조직문화의 형성을 저해하기 때문입니다.

이직에 영향을 미치는 요소는 여러 가지가 있겠지만 근본적으로는 '불만족'이 가장 큽니다. 불만족의 원인은 단순하게 보면 '동기 요인Motivational Factor'과 '위생 요인Hygiene Factor'의 결핍에서 출발합니다. 동기 요인은 일 자체에서 오는 성취감, 성장감, 인정 등을, 위생 요인은 급여, 근무환경,

조직관리 방식, 상하 관계 등을 말합니다. 특히 회사의 경영진이 5060세대로 구성돼 있는 경우 2030세대의 특성을 파악하고 그들을 향후 경영진으로 키우고자 하는 실질적이고 효과적인 노력이 부족한 경우가 많은데, 이럴 경우 2030세대의 불만족이 커집니다.

경영진은 자신이 떠난 후에 더 훌륭한 후배들이 회사를 이끌어 갈 수 있도록, 힘들게 뽑은 우수한 인재를 최선을 다해서 지켜내고 키워내야 할 의무가 있습니다. 그러기 위해서는 2030세대에게 적극적으로 다가가고 역지사지해야 합니다. 만일 5060세대가 얼마 남지 않은 회사 생활에서 자신들의 효용을 극대화하는 데에만 몰두한다면 그 회사는 지속 가능하지 않습니다. 그 모습에 실망한 젊은 인재들은 외부에서 기회가 생기면 바로 이직할 테니까요.

서로 다르다는 전제로 함께 일하려면

『축의 시대』의 저자로 유명한 비교종교학자 캐런 암스트롱은 자서전 『마음의 진보』에서 중세 유럽의 성배 신화를 이야기할 때 "기사(영웅)들은 아무도 가지 않는 숲속으로 들어간다"라는 표현을 사용합니다. 자신만의 길을 간다는 뜻이지요. 그 이유는 남들이 내어놓은 길만 따라가면 오히려 길을 잃기 때문이라는 것입니다. 자기 자신을 상실하고 자기 영혼과 대면하지 못한다는 것이지요.

우리는 삶의 대부분을 남들과 더불어 이미 만들어져 있는 길을 갑니다. 하지만 남들이 가지 않는 숲속으로 들어가고자 하는 인생의 어떤 특별한 순간을 마주할 때가 있습니다. 아마도 자기 중심성의 위기가 왔을 때인 것 같습니다. 나는 이런 생각을 해보았습니다. 이때 과연 나는 비장한 각오와 의지만으로 그 길을 갈 수 있는 걸까? 성배 신화 속 그 기사들은 어떤 마음이 들었길래 아무도 가보지 않은 그 길을 나설 결심을 했을까? 무엇이 그들의 가슴을 뜨겁게 하고 명정한 정신으로 행동적 결단을 하게 했을까? 나만의 그 길이 내게 주는 그 근원적 생명 에너지는 과연 어디서 오는 걸까?

당신이 소통하지 않는 5060세대 사이에서 홀로 고군분투하는 중간 관리자라면 많이 지칠 겁니다. 홀로 조직의 미래에 대해 본질적인 고민을 하고 남들과 다른 방식으로 조직을 운영하는 길을 선택하고자 하면서 아마도 소외되거나 상처를 입고 있겠지요. 지위는 중간 간부이지만 생각은 사장 이상의 수준으로 회사의 생존과 번영, 후배 직원들의 성장을 고민하고 있으니 괴리가 발생하는 것이고, 그것이 고통의 원인입니다. 하지만 내 경험에 비춰보면 회사 생활 초기부터 사장의 생각을 가진 사람들이, 그렇게 고통받으며 치열하게 고민하는 사람들이 결국 사장이 됩니다. 그렇게 될 수 있는 조직이 제대로 된 회사입니다.

『논어』에는 화이부동和而不同이라는 말이 나옵니다. 남들과 함께 잘 지내되 생각이 같아지려고는 하지 말라는 뜻입니다. 조직 생활에서는 나와 다른 사람들과도 함께 일할 수 있어야 합니다. 회사 생활을 통해 추구하는 공유가치가 있기에 성격이나 취미 등이 다르더라도 함께 일할 수 있는 겁니다. 하지만 만일 추구하는 근본 가치가 서로 다르다면 구태여 함께할 필요는 없습니다. 그래서 나는 회사 생활을 하면서 화이부동보다 부동이화不同而和를 더 많이 생각했습니다. 서로가 다르다는 것을 전제로 함께 일한다는 태도 말입니다. 사람들이 다른 것은 너무나 당연하고 그 다양성을 포용하는 것이 중요하다는 것이지요. 5060세대여, 부동이화의 자세로 2030세대에게 말을 걸어보십시오.

누구나 '일잘러'가
되지 못해도

딱 월급만큼만 일하고픈
나 자신아, 성취감이 필요했구나

<u>Q</u> 딱 시키는 일만 하는 직원이 있습니다. 왜 일을 찾아서 하지 않느냐고 하면, 월급 받은 만큼만 일하겠다, 왜 굳이 일을 더 해야 하느냐고 합니다. 최소한으로만 일하면 자신도, 조직도 성장할 수 없는데 어찌해야 할까요?

구성원들이 자발적으로 창의성을 발휘하지 않으면 그 어떤 조직도 지속 가능할 수 없습니다. 직원이 해야 할 일을 회사가 모두 빠짐없이 시키는 것은 불가능한 일이니까요. 그렇게 완벽한 직무 기술서를 갖춘 조직은 없습니다. 더구나 지금처럼 빠르게 변하는 기업 환경에서는 직무 기술서에 대한 의존도가 점차 약해지고 있습니다. 즉, 조직은 큰 틀만 정해놓고 실제 수행하는 과정과 방식은 구성원 각자가 만들어 가야 하는 것이지요. 어떻게 보면 이제는 각 개인이 자기 자신의 직무 기술서를 만드는 시대라고까지 말할 수 있습니다. 그만큼 자발성과 창의성의 발휘 여부가 개인과 조직의 발전을 위해 과거 어느 때보다도 중요해진 시대입니다.

요즘 젊은이들은 우리 때와는 전혀 다른 어려움을 겪고 있는 것 같습니다. 50~60대 시니어들은 젊은 시절에 모두가 가난했지만, 상대 비교에서 오는 고통을 크게 받지는 않았습니다. 다시 말하면 사회 전체적으로 빈부격차가 지금같이 크지는 않았던 것이지요. 그뿐만이 아니라 열심히 공부하고 일하면 내 삶이 나아질 거라는 희망도 있었습니다. 소위 개천에서 용이 나올 수도 있는 시절이었지요. '비록 지금은 적은 월급이지만 성실하게 이 직장에서 오래 일하면 승진도 하고 월급도 올라가고 임원도 될 수 있다'라는 기대가 있었습니다. 물론 그 시절에도 경쟁이 있었지만 지금과 같이 패자부활전이 없을 정도로 극심하지는 않았고 전체적으로 모두가 나아질 것이라는 희망이 있었기에 그렇게까지 고통스럽지는 않았던 것 같습니다.

　나같이 지나간 시대의 사람은 요즘 세대에게 참으로 미안해 고개를 들기가 힘들 정도입니다. 취학 전부터 엄청난 사교육과 잔인하리만큼 심한 성적 경쟁에 노출되어 왔고, 또 취업 전쟁에서 살아남아야 했을 테니까요. 겉으로 보이는 생활은 과거에 비해 윤택해졌지만 내적 불안감은 훨씬 더 커진 것 같습니다. 그렇게 불안감 속에서 박탈감과 좌절감을 겪으면서 자기 보호 본능은 극대화되고, 내일을 기약할 수 없으니 결코 오늘 손해 보지 않겠다는 비장한 각오를 다진 듯합니다. 건물주가 젊은이들의 꿈이라는 말도 들었습니다. 일하지 않고 돈 벌 수 있는 것이 최고라는 가치는 솔직히 나에게는 생경하지만 젊은이들에게는 당연한 것인지도 모르겠습니다. 해봐야 안 된다는 생각에 미리 포기하는 삶, 하루하루가 얼마나 힘들까요.

혼자 결정할 수 없는 '공정함'

그런데 노력해도 희망의 한계가 더욱 뚜렷해진 지금의 상황을 이해하면서도, "나는 월급 받은 만큼만 일한다, 시키는 일만 한다"라고 선언하는 것은 오직 손해 보지 않겠다는 자기방어적 표현으로 느껴집니다. 그렇게 이것저것 재면서 방어벽을 세우느라 건설적이고 창조적인 일에 동참하는 기회를, 무엇보다도 배움의 기회를 놓쳐버리고 있는 것은 아닐까요? "이 회사 오래 다닐 것도 아닌데, 뭐"라고 생각할지도 모르지만, 그것도 하나만 알고 둘은 모르는 생각입니다. 이직을 하더라도 평판은 남으니까요. "아 그 사람, 딱 시키는 일만, 월급만큼만 일한다는 사람!" 그 꼬리표는 평생 따라다닐지도 모릅니다.

"월급 받은 만큼만 일하겠다"는 결국은 '공정함'에 대한 이야기가 아닐까라고도 생각해 봤습니다. 받는 만큼만 주는 것이 공정하다고 보는 것이지요. 그런데 그 공정함이라는 것은 혼자 결정하는 게 아닙니다. 항상 상대방(회사)이 존재하기 마련입니다. 그래서 월급에 상당하는 일의 질과 양을 주관적으로, 일방적으로 정해서는 안 됩니다. 회사는 직원이 창의성을 발휘해 자발적으로 일을 하기를 기대하기에, 시키는 일만 하는 직원은 월급에 비해 일을 못한다고 평가할 수 있습니다. "월급 받는 만큼만 일하겠다"라고 말하는 것을 "내가 하고 싶은 만큼만 하겠다"라는 발상이라고 보는 것이지요. 이처럼 직원과 회사 상호 간에 공정함이 확보되지 않는다면 고용관계를 지속하기 어려울 것입니다.

위생 요인인 월급, 동기 요인인 보람

한편, 월급만큼만 일하겠다는 것을 뒤집어 생각해 보면 월급 외에는 일할 동기가 없다는 의미이기도 합니다. 조직 구성원들의 열정을 불태우게 하는 데 회사 경영층이 실패했다는 의미도 되지요. 수많은 연구 보고서를 보면, 월급 그 자체는 '위생 요인'이지 '동기 요인'이 아닙니다. 즉, 월급 없이는 건강한 삶을 살 수가 없기에 어느 수준 이상의 월급은 반드시 주어져야 합니다. 그러나 조직 구성원들의 내적 동기를 유발시키는 것은 '일' 그 자체가 갖는 의미와 보람에 있습니다.

내가 현직에서 일할 때 다른 회사 사람들과 연봉을 비교할 기회가 많았습니다. 별로 탁월해 보이지 않는 그들이 나보다 기본급뿐 아니라 성과급, 스톡옵션 등이 훨씬 많은 것을 알게 되었지요. 그러나 나는 별로 동요하지 않았습니다. 왜냐하면 이 회사에서 나는 상사에게 직언할 수 있었고, 개인에 대한 충성을 강요받지 않았으니까요. 불법·탈법·편법을 쓰지 않고 정도를 걷는 것이 상식인 회사에서 가치 있는 일들을 소신껏 할 수 있으니, 그걸 모두 연봉에 포함하면 내가 훨씬 많이 받는다고 생각했습니다.

이것은 나만의 경험은 아닐 것입니다. 조직 구성원들은 회사가 추구하는 가치에 동의하고 자신이 거기에 동참하는 것에 의미를 느끼면 받는 월급보다 훨씬 더 많은 것을 내놓으려 합니다. 그렇게 최고 경영자부터 신입 사원까지, 조직의 모든 구성원들이 자발적으로 창의성을 발휘하려면 조직문화를 탄탄히 다져야 합니다. 우리 회사가 왜 존재하는지, 무엇을 추구하는지, 그래서 어떤 일을 어떻게 할 것인지, 경쟁사들과는 어떻게 본질적으로 차별화되는지, 이런 가치들을 조직 안에서 수시로 재확인하고 공유하는 워크숍 세션들이 있어야 합니다.

월급으로만 매겨질 수 없는 '노동의 대가'

조직의 가치와 조직문화를 형성하는 데는 회사 경영층의 의사결정 방식이 중요한 역할을 합니다. 그중에서도 직원들을 평가하고 그에 따른 인사를 하는 것이 경영층의 핵심 책무입니다. 이 과정에서 놓치기 쉬운 부분이 능력과 성과에 대한 피드백입니다. 말 한마디나 문서 한 장으로 통보하는 것으로는 부족합니다. 상사는 직원과 마주 앉아서 직접 눈을 쳐다보면서 평가 결과를 피드백해 줘야 합니다. 누구에게 찍혔다, 누구에게 잘못 보였다는 등 불필요한 짐작과 소문에 휘둘리지 않도록, 개인의 발전 방향에 대해서 상사와 부하가 솔직하게 대화를 나누는 커뮤니케이션의 장이 반드시 필요한 것입니다.

모든 조직 구성원들은 회사가 자기를 어떻게 보고 있는지 궁금해합니다. 만일 어떤 직원이 업무적으로 기대에 미치지 못한다면 솔직히 이야기해 주어야 합니다. 그래야 그도 현실을 직시할 수 있습니다. 나아가 그가 개선할 수 있도록 도와주어야 합니다. 하지만 최종 선택은 그의 몫입니다. 해를 거듭해도 개선이 되지 않는다면 헤어질 수밖에 없습니다. 피드백 과정이 충분했다면 회사의 인사 결정에 대해서 그도 등에 칼을 맞았다고 느끼지는 않을 것입니다. 왜 자기가 조직을 떠나야 하는지, 마음속으로라도 수긍을 할 것입니다.

평가와 피드백에 있어서 인상적인 경험이 있습니다. GE의 디렉터(부장)급인 인사가 LG에 컨설턴트로 파견되어 와서 한동안 함께 근무한 적이 있습니다. 내가 "당신은 언제쯤 임원이 될 것 같으냐?"라고 물었을 때입니다. 그의 답은 분명했습니다. "나는 GE에서 임원이 안 될 것이다. 그러나 정년 때까지 일할 수 있다. 그것으로 충분하다." 목소리와 표정에 아쉬움이 읽히지 않아 질문했던 내가 오히려 당황했습니다. "어떻게 그렇게 쿨하게 답하냐?"라고 다시 물었더니 그는 평소에도 평가를 받고, 1년에 두 차례씩 상사와 면담을 하면서 스스로 수긍하고 있었기 때문이라고 하더군 요. 나는 속으로 'GE는 정말 대단한 회사구나!'라고 감탄했 습니다. 왜냐하면 회사가 운영하는 평가/피드백 시스템에 대해서 조직 구성원들이 이 정도의 신뢰를 가진다는 것은 정말 드문 일이기 때문입니다.

우리가 잘 알다시피 시장에서 교환의 대상인 어떤 재 화나 서비스의 가격은 대체로 수요와 공급의 접점에서 결 정됩니다. 노동 역시 노동시장에서 교환의 대상이라는 성 질을 갖고 있는 만큼 그 부분에 한정해서라도 수요와 공급 의 원리를 적용해 볼 수 있다고 생각합니다. 노동 공급자인 내가 아무리 월급을 더 받고 싶어도 노동 수요자인 회사가 어느 수준 이상 지급할 능력이나 의사가 없다면 회사를 떠 나는 방법 외엔 없습니다. 물론 그 반대의 경우도 발생할 수 있습니다. 다만, 노동의 수요와 공급을 통해서 얻는 대가는 단지 월급만이 아니고 보람과 성취감, 소속감 등도 중요하 다는 점 또한 기억해야 합니다.

2

성장하는 직장인의 공통점,
인재는 직선으로 크지 않아요

Q 10년 차 회사원입니다. 입사하고 몇 년 동안은 업무를 잘한다는 칭찬도 들었는데, 돌아보니 탁월한 성과는 내지 못했습니다. 그사이에 눈에 띄는 성과를 낸 동기들은 회사나 사회에서 인정을 받고 있고요. 이 일을 계속해야 하나 회의가 듭니다. 반복적인 일상에 지친 저는 어떤 계기를 만들 수 있을까요?

회사를 다니는 사람이라면 누구나 조직에서 인정받고 싶고, 승진하고 싶겠지요. 문제는 모든 사람들이 일 잘한다는 평가를 똑같이 받는 것은 아니라는 점입니다. 예를 들면, 최고 경영자나 조직 책임자의 관점에서는 개인별로 능력과 성과를 상중하로 구분할 수 있습니다. 물론 이것은 고정된 것이 아닙니다. 시점에 따라 상에서 중으로 떨어지기도 하고, 중에서 상으로 올라가기도 합니다. 그래서 회사와 개인은 평가 결과를 보며 함께 대화하고 논의해야 합니다. 그렇게 개선 방안을 모색하는 게 바람직합니다. 일을 잘하거나 못하는 것은 그 개인만의 책임이 아니니까요. 성과는 개인과 회사의 상호작용으로 만들어지는 것입니다.

'일 잘하는 사람이 된다'라는 것은 어떤 의미일까요? 현직에 있을 때 회사의 인재상이 무엇이냐는 질문을 종종 받았습니다. 물론 회사 누리집에는 회사가 원하는 여러 인재상이 나열돼 있었지만, 나는 도식화되고 관념화된 인재상에 대해서는 별로 신경을 쓰지 않았습니다. 공식적으로 규정된 인재상보다, 그 사람이 회사가 추구하는 공유가치에 얼마나 공감하고 또 동참하고 싶어 하는지가 훨씬 중요하다고 생각했기 때문입니다. 한마디로 말하면, '무엇을 하고자 하는 의욕과 열정'이 인재의 가장 중요한 덕목인 듯합니다.

성과를 낼 때 능력보다 중요한 것

회사에서 10년 가까이 일했는데 내가 뒤처지고 있다는 느낌이 들면 회의가 생깁니다. 그런데 이런 경우는 어쩌면 심리적, 물리적 경로 변경의 기회가 다가오는 것일 수도 있습니다. 애초에 내가 무엇을 원해서 이 회사에 들어왔는가, 하고 싶은 일을 하고 있는가 등을 고민하는 시기 말이지요. 이때 던져야 할 첫 질문은 '내가 무엇에 관심을 갖는가, 그것을 하기 위해 얼마나 치열하게 준비하고 노력했는가'입니다. 그다음 질문은 '기회가 왔을 때 얼마나 과감하게 도전했는가'가 되겠지요. 이는 위험을 감수하는 용기를 말합니다.

내 경험에 비춰보면 어떤 방식이든 정당한 채용 절차를 밟고 입사한 사람들은 능력에서 큰 차이가 나지 않습니다. 일정 수준 이상은 되는 것이지요. 더구나 학력이나 학교

성적은 입사 후의 업무 성과와는 별 관계가 없다는 것이 여러 연구 결과에서 나온 결론입니다. 그래서 성과를 낼 때는 능력보다는 동기가 중요합니다. 이 회사에서 일하며 무엇인가를 이루겠다는 자발적 동기부여와 더불어 회사가 주는 외부적 동기부여가 결정적 차이를 만드는 것입니다. 이때 이 외부적 동기부여는 기회를 통해 구현됩니다. 따라서 성과에 영향을 미치는 가장 중요한 요소를 하나만 꼽으라면 '기회'라고 말하겠습니다. 회사와 리더는 구성원들이 성장할 수 있는 기회를 마련해 주는 데 힘을 들여야 합니다.

잘하고 싶은데 자칫 큰일을 맡았다가 그르칠까 두려울 수도 있습니다. 팀장 같은 역할을 맡는 것도 그래서 망설여질 수 있습니다. 그러나 부딪히고 넘어지면서 성장할 수 있습니다. 특히 경력 10년 차 이하일 때는 그렇습니다. 태도와 자세가 좋다면, 조직은 개인의 실수를 실패로 보지 말고 성장의 계기가 되도록 이끌어야 합니다.

인재는 그 자신의 노력만으로 성장할 수 없습니다. 조직에서 관심을 가지고 도와주어야 합니다. 그 관심이 애정으로 발전하면 인재는 열정으로 발돋움합니다. 그러한 점에서 인재를 뽑는 것도 중요하지만 키우는 것은 더욱 중요합니다. 일을 통해서 키워야 합니다. 무엇보다 인재는 직선으로 크지 않습니다. 나선형으로 큽니다. 위에서 보면 제자리걸음 같지만 옆에서 보면 성장하고 있습니다. 그 성장을 정작 본인은 모를 수 있으니 회사나 상사는 정기적인 평가/피드백 세션, 코칭 등 다양한 통로를 통해 이를 일깨워 주고 자극할 필요가 있습니다.

그래서 평가할 때 회사는 좁은 의미에서의 성과 평가에만 치중해서는 안 됩니다. 조직에 필요한 여러 능력과 기여도도 놓치지 말아야 합니다. 예를 들면 날카로운 분석력으로 자신이 맡은 일을 깔끔하게 해내는 사람이라도, 팀워크가 중요한 영역에서는 힘을 쓰지 못하는 경우가 있습니다. 분석력·기획력에서 아쉬워도 통합력·조정력에서 뛰어날 수도 있지요. 크게, 길게 보면 후자의 능력이 최종적인 회사의 성과를 내는 데 더 큰 영향을 미칠 수도 있습니다. 따라서 여러 능력과 성과를 종합적으로 살펴서 중요한 부분을 놓치지 않고 인정해 주어야 합니다.

조직 안에서 상위 직급으로 승진하는 사람들에게는

공통점이 있습니다. 이들은 자기 직급에만 딱 맞게 일하지 않습니다. 예를 들면 과장의 직급인 사람이 사장의 마음가짐으로 일하는 것이지요. 그렇게 일할 때 결과물은 상당히 달라질 수 있습니다. 훨씬 폭넓게, 또 길게 보고 일하기 때문이지요. 이것은 꼭 무슨 야심이 있어서라기보다는 자연스러운 주인 의식입니다.

이렇듯 조직에서 크게 되는 사람의 가장 중요한 덕목은 주인 정신입니다. 이 일이 내 일이고 이 조직은 내 조직이며 이 회사는 내 회사라는 마음가짐이 필수적인 것이지요. 소위 지배주주인 오너Owner만이 오너가 아닙니다. 이런 마음가짐으로 일하는 사람이야말로 진정한 오너입니다. 최고경영자의 임무는 가능한 한 많은 조직 구성원들이 이러한 마음을 품을 수 있도록 리더십을 발휘하는 것입니다. 개개인이 일과 조직에 대한 관심과 애정을 가질 때 자연스럽게 이 주인 정신이 발휘됩니다. 결국 성과의 탁월함도 여기에서 나옵니다.

눈에 띄는 성과를 내는 동기들과 비교하면서 실망감, 심지어는 열등감에 괴로울 수 있습니다. 그럴 때는 내가 해낼 수 있는 특별한 영역을 찾아보는 것은 어떨까요? 회사 안에서는 내가 그 누구보다도 잘할 수 있는 일이 분명히 있을 겁니다. 하나의 잣대로 우열을 가리기보다는 '다름'이라는 경쟁력을 키우는 것이지요. 얼마 전에 돌아가신 고故 이어령 선생이 김지수 작가와의 마지막 인터뷰에서 하신 말이 생각납니다. "신은 생명을 평등하게 만들었어요. 그런데 능력과 환경이 같아서 평등한 게 아니에요. 다 다르고 유일하다는 게 평등이지요."

전출된 직원이 고위직 임원이 되기까지

2년간 함께 일하던 한 과장이 있었습니다. 헤드 쿼터보다는 계열사에서 일하면 본인의 능력을 더 잘 발휘할 수 있을 것 같아 전출시켰는데, 실제로 성실한 태도와 확실한 일 처리로 계열사에서 좋은 평가를 받았습니다. 그런데 몇 년 뒤 또 다른 계열사에서 노사관계 문제로 인사 담당자를 교체해야 할 상황이 생겼습니다.

참고로, 당시 모든 계열사들은 노사관계에 있어서 노

조를 인정할 뿐만 아니라 파트너십에 기반한 노사협력 모델을 실행하고 있었습니다. 노사 파트너십이란 회사와 노조가 공동체라는 인식하에서 노와 사가 원칙에 따라 각자할 일을 하되, 어려울 때 함께 희생하고 성과가 좋을 때는 함께 나누는 모델입니다. 그런데 그 계열사의 경우 노조가 전통적인 대립적 모델에만 매달렸을 뿐만 아니라 회사의 인사 담당도 파트너십 모델을 잘 구현해 내지 못하던 상황이었지요.

이러한 상황에서 나는 그를 추천했습니다. 주변에서는 그가 인사업무만 했고 노사관계업무 경험이 없다고 우려했지만, 나는 회사의 인사 철학과 노사 파트너십의 원칙을 잘 알고 있는 그가 노사관계업무도 잘 해낼 것이라며 밀어붙였습니다. 결과적으로 그는 원칙에 입각하여 노사분규를 해결하고 노사 파트너십을 복원해 냈습니다. 이듬해 그는 임원으로 승진했으며 현재는 또 다른 큰 계열사에서 최고 인사책임자를 맡고 있습니다.

주니어 때 어떤 영역에서 조금 아쉬운 성과를 냈다고 해서 그것을 개인의 부족함으로만 보는 것은 성급한 판단일 뿐만 아니라 미래에 크게 될 인재를 놓치는 커다란 우를 범하는 것일 수도 있습니다. 회사와 조직 그리고 상사의 리더십에 따라서 개인은 얼마든지 다른 능력을 발휘할 수 있기 때문입니다.

한 직장에서 10년 정도 일했다고 해서 평생 그 회사에만 있어야 한다는 법은 없습니다. 경우에 따라, 상황에 따라 다른 곳에서 더 보람 있게 일할 수도 있습니다. 그때도 여전히 해야 할 질문은 동일합니다. '내가 무엇에 관심을 갖는가, 그것을 하기 위해 얼마나 치열하게 준비하고 노력했는가.' 그러고 나서 '새로운 직장은 지금 직장과는 무엇이 달라서 더 의욕적으로 일할 수 있다고 생각하는가'를 짚어봐야겠지요.

시작부터 운이 좋아서 잘나갔던 사람이 나중에는 번아웃이 돼 다음 행로를 찾지 못하기도 합니다. 반면 초기에는 평범했지만 꾸준히 노력한 덕에 뒤늦게 개화하는 사람도 있지요. 요즘은 한 번의 실패가 영원한 실패가 된다는 두려움이 크기 때문에 위험 회피 강박도 크다고 들었습니다. 하지만 대다수가 이러한 현실이라면 더욱이, 자신의 가슴이 가리키는 쪽을 향해서 위험을 무릅쓰고 자신의 길을 꾸준히 가는 '위험 감수자Risk Taker'를 누가 당할 수 있을까요?

'코로나 불안', 포기하고 떠나기보다 실패하는 것이 낫습니다

Q 입사 5년 차 30대 초반 직장인입니다. 코로나19로 회사가 어려움을 겪고 있습니다. 회사 일이 좋아서 열심히 해왔는데, 유급 휴직을 할 만큼 회사가 휘청거리니까 불안합니다. 몇몇 동료들은 한 살이라도 젊을 때 살길을 찾아야 한다며 회사를 떠났습니다. 저는 갈팡질팡합니다. 사실 회사를 나간다 해도 다른 일을 구하기도 힘듭니다. 적당한 만족을 느끼며 살아왔는데, 오히려 이 위기를 계기로 제게 맞는 일을 찾아봐야 하나 고민이 끊이질 않습니다.

벌써 25년 전 일이군요. 1997년 외환위기 때가 생각납니다. 나는 나름대로 큰 뜻을 품고 15년간의 해외 생활을 정리하고 귀국해서 회사 임원으로 열정적으로 일하기 시작했습니다. 그런데 불과 3년도 되지 않아 외환위기가 터졌습니다. 1997년 11월 영국 런던에 출장 중이었는데 현지 언론을 통해서 원달러환율이 불과 몇 개월 만에 달러당 800원에서 2,000원 가까이 치솟았고 국제통화기금, IMF로부터 구제금융을 받는 것을 검토한다는 보도를 접했습니다. 현지 비즈니스 파트너들의 염려와 위로 속에서 불안하고 자존심이 상한 채로 서둘러 귀국했습니다.

그해 겨울은 참으로 두려운 시기였습니다. 외환 보유고가 바닥나고 '국가 신인도 Sovereign Credit Rating'가 급락하여 달러 현찰이 없으면 원유도 식량도 사 올 수 없는 상황이었기에 이듬해 봄에는 아사자가 속출할 거라는 이야기까지도 나왔었지요. 영어로 주권국가를 'Sovereign State'라고 합니다. 당시 대한민국은 국가 신인도가 바닥으로 떨어져서 IMF가 요구하는 충격적인 경제 조치를 수용한다는 조건으로 구제금융을 받을 수밖에 없었고 이는 사실상 일정 기간

경제적 주권을 상실한 것이나 마찬가지였습니다. 불안의 계절이었습니다.

절체절명의 외환위기 속에서 살아남기

당시 소위 5대 그룹을 포함한 수많은 기업들은 사업상 벌어들인 영업이익으로 차입금 이자를 갚을 수 없는 상황이었습니다. 사실상의 부도 상태였지요. 새로 들어선 김대중 정부는 비공식적으로 소위 '5대 그룹 자체해결' 원칙을 운영했습니다. 즉, 정책 금융을 통해서 부도는 나지 않도록 할 터이니 그 대신 5대 그룹은 자체적으로 사업과 자산 매각, 지출 감소 등을 통해서 부채 비율을 획기적으로 낮추고 자구책을 강구하고 실행하라는 것이었습니다. 당시 회사로서는 생존을 위해 1차적으로 재무 구조를 개선해야 했고, 그러기 위해서는 필수적으로 사업 구조조정이 수반되어야 했으며 인력 구조조정 또한 불가피한 상황이었습니다.

LG는 수익성이 좋았던 엘리베이터 사업 등을 매각하고 반도체 사업을 포기했으며 주력회사들의 지분 상당 부분을 해외 기업에 넘기는 방식으로 현금을 확보했습니다. 매각한 회사들의 구성원들에 대해서는 일정 기간 고용보장을 확보했지만 막상 떠나가야 하는 그들은 불안감 속에서 '평생직장'이라는 심리적 계약이 파기된 것에 대한 배신감과 분노를 시설 점거와 파업 등으로 표출하기도 했습니다. 그해 연말 임원 인사의 기조는 '탁월하지 않으면 퇴임'이었습니다. 결과적으로 약 30% 이상의 임원들이 회사를 떠나야 했습니다. 남은 임원들도 급여의 30%를 반납했습니다. 그러나 한편, 일반 직원들의 인원 감축은 최소한으로 하고 급여 수준도 유지했습니다.

같은 해 겨울, LG인화원에서는 '비상 경영 세미나'라는 프로그램을 운영했습니다. 매주 토요일과 일요일, 약 두 달 동안 그룹 전 임원들이 순차적으로 참여했는데, 그룹 최고 경영진과 C-레벨 임원들은 당시 LG가 처한 사업적, 재무적, 조직적 현실을 있는 그대로 설명하고 타개책을 제시하면서 향후 방향성을 공유했습니다. 몇 명만 알면 오해가 생기고 그에 바탕한 루머는 조직의 에너지를 갉아먹습니다. 위기 상황일수록 구성원들과의 정보 공유가 필수적입니다. 그렇게 하지 않으면 변화와 개혁의 당위성에 대한 공감대를 확보하기 어렵고 실행력 미비로 혁신은 실패하게 됩니다. 이렇게 LG는 정보 공유와 뼈를 깎는 실행을 통해서 5대 그룹 중 유일하게 공적 자금을 한 푼도 쓰지 않고 자체의 힘으로 외환위기를 극복한 기업 집단이 되었습니다.

외환위기 속에서의 나의 선택

한편, 나는 개인으로서도 중대한 결정을 해야 했습니다. 당시 외환위기가 발생하면서 한국경제가 아주 어려워졌다는 소식을 듣게 된 미국 각 대학에 있는 과거 동료 교수들은 나를 위해 움직이기 시작했습니다. 그들은 대학에 자리가 난 곳들을 여기저기 알아봐 주었고, 얼마 뒤 나는 한 유명 주립대학에서 구체적인 제안을 받게 되었지요.

사실 그때는 첫째 딸이 미국에서 대학을 들어간 지 1년 정도 되었을 무렵으로, 환율이 급등하면서 계속 학비를 보내는 게 어려워지고 있었습니다. 둘째 딸도 그다음 해엔 대학을 가야 했고 또 셋째도 있고 해서 마음으로 갈등이 되었습니다. 내가 최종 결심만 하면 그 대학으로 갈 수 있는 상황에서 2주간의 시간을 번 다음 심각한 고민을 하게 되었지요. 그러면서 든 생각이, '아 지금 한국경제가 갑자기 어려워졌다고, 회사가 어려워졌다고 내가 이렇게 한국 생활을 접고 돌아간다면, 한국이나 미국 친구들은 속으로 뭐라고 생각할까? 한국경제가 좋다고 가더니 몇 년 되지도 않아서 상황이 나빠졌다고 다시 돌아온 비겁한 사람으로 보지 않을까? 이건 자존심의 문제다!' 결국 나는 '혹시 언젠가 미국으로 다시 돌아가더라도 한국경제가 좋아지고 나서, 이 회사가 엄청난 성과를 낼 때, 그때 가겠다. 지금은 아니다. 지금은 여기서 투신해서 승부를 볼 때다!'라는 결심을 내렸습니다.

때론 무모해 보일 수도 있는 자존심으로 삶에서 큰 결정을 내리기도 합니다. 내 경우엔 안정적이고 편한 길을 택하지 않고 불안하고 험난한 길을 택했지만 결과는 그 도전에 상응하는, 아니 그걸 훨씬 뛰어넘는 안팎으로부터의 인정과 보람이 있었습니다. LG는 외환위기 이전에 비해서 더욱 탁월한 기업이 되었습니다. 매출과 이익의 성장뿐만이 아니라 자체 브랜드와 고유한 기술력을 보유하게 되었고 미래 사업 부문에서 세계를 리드하게 되었습니다. 또한 계열 분리와 지배구조 개혁을 통해서 글로벌 선진 기업 집단으로서 인정받게 되었습니다. 회사가 이렇게 성장하는 과정에서 나 역시 개인적으로 회사와 함께 성장할 수 있었습니다. 지난 2012년에는 과거 학계 동료 교수들의 추천으로 박사학위 모교인 미네소타대학교University of Minnesota로부터 '자랑스러운 동문상'을 수여받았습니다. 참으로 감격스러운 순간이었고 감사한 일이었습니다.

또 한 번의 회사의 위기가 기억납니다. 외환위기 5년 후인 2003년, 당시 국내 최대 신용카드사인 LG카드는 부실채권 누적으로 인한 단기 유동성 부족으로 결국 그다음 해에 경영권을 채권단에 넘기게 되었습니다. 이 과정에서 당시 구본무 회장은 그룹 전체의 경영권에 위험을 초래할 수도 있었지만, 채권단에게 개인 지분을 담보로 내놓고 모든 금융사업을 포기하는 '생즉사 사즉생生卽死 死卽生'의 결단으로 카드 사태를 넘어설 수 있었습니다. 그리고 선택과 집중이라는 원칙에 따라 전자, 화학, 통신 영역에서만 사업을 영위하여 탁월한 성과를 낼 수 있었습니다.

외환위기 이후 10년 만인 2008년에 미국발 금융위기로 전 세계가 고통을 겪었습니다. LG의 경우 이미 2003년에 국내 최초로 지주회사체제로 전환했기 때문에 사업 자회사 간에 일종의 재무적 방화벽이 있었습니다. 따라서 1997년 외환위기 때처럼 그룹 전체가 흔들리는 상황은 아니었지만 각 사업 자회사 차원에서 여러 가지 어려움을 겪게 되었지요. 모든 회사에서 임원들의 급여 반납이 있었는데 그중 A 회사는 사업이 아주 심각한 어려움에 처했고 CEO와 임원들은 다른 계열사보다 훨씬 많은 급여를 반납하면서 직원들의 급여는 그대로 유지하고 최소 1년간은 인위적인 인력 구조조정은 하지 않겠다고 선언했습니다. 직원들은 헌신적으로 일했고, 특히 연구개발 부문에서는 다음번 활황기를 대비해서 새로운 공정을 개발했습니다. 이것이 주효해서 결국 2년 만에 회사는 완전히 정상적인 모습으로 회복되었습니다.

안전하다고 느끼는 사람은 대담할 수 있다

시장경제에서는 불황과 호황을 반복하는 소위 비즈니스 사이클이라는 것이 있기 때문에 불황에는 해고를 할 수밖에 없다는 주장을 하기도 합니다. 그러나 불황기에 행해지는 인력 구조조정은 많은 부작용을 낳습니다. 특히 사회적 안전망이 미비한 상태에서 일어나는 해고는 개인과 지역사회에 엄청난 상처를 남기게 됩니다. 소위 잘리면 끝이라는 절박감은 직원들로 하여금 극한의 투쟁까지 하게 만듭니다.

국가 사회 전체적으로 봤을 때, 만약 북유럽에서처럼 평소 급여의 70~80% 정도를 실업급여로 받을 수 있다면 사람들은 상대적으로 심리적 안정감을 느끼며 새로운 취업이나 창업 시도도 보다 쉽게 할 수 있을 것입니다. 극단적인 투쟁의 필요도 줄어들겠지요. 스웨덴은 이미 오래전부터 "안전하다고 느끼는 사람은 대담할 수 있다Secured people dare"라는 캐치프레이즈하에 이노베이션을 촉진하는 사회 시스템을 구축했다고 합니다. 아직 그런 여건을 갖추지 못한 우리나라의 경우, 각 회사들이 평소에 늘 인력의 인플로In-Flow와

아웃플로Out-Flow를 관리해 나가는 것이 중요하다고 생각합니다. 퇴직하는 사람이 늘 있고 또 입사하는 사람이 늘 있어야 한다는 것이지요. 그러려면 일에 대한 능력과 성과를 일상적으로 평가하고 피드백함으로써 개인과 회사의 윈윈을 상시적으로 확보해 나가야 합니다.

특히 저성장 시기에는 아웃플로를 넘어서는 인플로를 기대하기는 어렵습니다. 그런데 조직은 늘 새로운 인재를 수혈해야만 합니다. 고여 있으면 정체되고 이노베이션은 힘들어집니다. 이렇게 상시적으로 물 흐르듯이 소규모로 인력 구조조정을 하면 사업이 좀 어려워지더라도 한꺼번에 대규모 인력 구조조정을 해야 하는 압력을 줄일 수 있습니다. 그리고 불가피하게 희망 퇴직제도를 운영해야 한다면 가능하면 회사의 성과가 좋을 때 하는 것이 좋습니다. 그래야 나가는 사람에게 조금이라도 더 잘해줄 수 있고, 따라서 나가는 사람의 상처도 적을 수 있습니다.

외환위기 때보다 심각한 지금이지만

수년째 계속된 불황에 이어 코로나19로 인한 팬데믹이 3년째인 지금 사회·경제적 상황은 어떻게 보면 1997년 외환위기 때보다 더 심각한 것 같습니다. 외환위기 당시는 터널 끝이 보이지 않는, 그리고 과연 터널 밖으로 나왔을 때의 세상은 어떤 건지 도무지 알 수 없는 불안의 시기였습니다. 그럼에도 불구하고 적어도 무엇을 해야 한다는 처방은 있었습니다. 당시 전 세계시장을 보면 동남아와 한국 외에 남미, 북미, 중동, 유럽 등의 경제는 좋았습니다. 그런데 지난 10여 년간 전 세계는 자본주의적 단일 경제권이 되다시피 했고 동시적 불황에 접어들면서 그 어떤 시장에서도 활기를 찾기가 어려워졌습니다. 이런 상태에서 덮쳐 온 코로나19 바이러스는 전 세계적 전염병이 되어서 지구상 그 어디에도 안전한 나라가 없게 되었습니다.

전 세계가 마이너스 성장을 하던 코로나19 팬데믹 초기에 우리나라의 방역 시스템이 세계적으로 주목을 받게 된 건 방역과 경제의 밸런스를 잘 잡았기 때문이라고 생각합니다. 그건 과거 우리가 산업화와 민주화를 모두 이루어 낸 저력에서 나온 게 아닌가 하는 생각도 듭니다. 그런데 이제는 산업화와 민주화를 넘어서서 지구 환경과 자연에 대한 생태적 관점을 갖지 않으면 방역도 성장도 담보할 수 없는 시대가 온 것 같습니다. 그런데 과연 정부나 기업이 또 소비자가 과거 산업화, 민주화에 쏟았던 열정을 갖고 이러한 생태적 가치에 투신할 수 있을지 잘 모르겠습니다.

참으로 어려운 시기입니다. '오히려 이 위기를 계기로 내게 맞는 일을 찾아봐야 하나' 고민한다고 하셨지요? 예, 충분히 이해되는 마음입니다. 하지만 설혹 다른 회사에 가게 된다 하더라도 그곳이 지금 직장보다 더 나으리라는 보장은 없습니다. 한 조직에 들어왔으면 그곳에서 성공 체험을 하는 것이 중요합니다. 포기한 채 떠나가면 어디를 가든 어려움이 닥쳤을 때 스스로 길을 찾기가 힘들 것입니다. 힘든 일이 생겼을 때 마주하지 않고 회피만 하면 결코 성공을 경험할 수 없습니다.

이런 생각이 들 수도 있습니다. '지금 도전은 내 인생에서 실패로 기록되지 않을까, 앞으로 또 어려운 일이 생기면 나는 극복할 수 있을까, 버틸 수 있을까, 혹은 포기했던 경험이 내 발목을 잡지 않을까?' 예, 이 역시 충분히 들 수 있는 마음이지요. 하지만 그러한 상황에서도 도전하기를 권합니다. 자신이 어쩔 수 없는 환경이나 여건에 굴복하는 것이 아니라 그것을 객관적으로 받아들이고 자신이 할 수 있는 영역에서 최선을 다한다면 큰 희열을 맛볼 것입니다. 그리고 그 과정을 통해서 내가 잘하는 일이 어떤 것인지, 내게 맞는 일이 무엇인지도 보다 명확히 알게 될 것입니다. 그러한 성공 체험을 하면 자기 통제감도 커지게 되지요.

나는 포기보다는 실패가 낫다고 생각합니다. 실패의 경험에서 반드시 배우는 것이 있을 것입니다. 그러한 어려움이 있어야 성장할 수 있습니다. 평탄한 삶, 그것은 좋아 보이지만 성장할 수 없는 삶이며 성장하지 않는다는 것은 정지해 있다는 것이고 실상은 퇴행하는 것이라는 생각이 들기 때문이지요. 변화는 생명의 본질입니다. 그런데 생애주기에 따라서 성장의 양상은 달라지는 것 같습니다. 그래서 지나간 세대인 나도 과거와는 또 다른 어떤 방식으로서 변화를 통해서 계속 성장하는 삶을 살고 싶은 것입니다.

회사는 '공평'과 '평등'의
양쪽 날개로 날아오른다

Q 온 마음을 쏟아 일하고 애를 쓰는데도 인사 평가가 기대만큼 나오지 않아 위축되고 실수도 늘어납니다. 업무보다 인간관계에 치중해서 윗사람에게 잘 보이고 평판 관리에 신경을 쓰는 사람이 승진도 빠른 것 같아 억울하기도 합니다. 저는 직장 생활과 맞지 않는 사람일까요?

나도 비슷한 경험이 있습니다. 20대 때 대학 졸업 후 취업한 첫 직장에서 나름대로는 열심히 한다고 했는데 연말 평가에서 썩 좋은 결과를 받지 못했습니다. 특별히 실수를 한 건 아니었지만 상사가 나의 업무 결과에 대해서 그리 만족하지 않는 것 같다는 느낌을 계속 받았습니다. 그런 상황이 3년 가까이 지속되자 직장에 대한 흥미를 잃게 되었고, 결국 그 직장과 맞지 않는 사람이라고 결론을 내리며 회사를 떠났습니다.

회사 임원 시절에도 비슷한 일이 있었습니다. 새로 부임한 한 최고 경영자는 내가 해온 일들에 대해서 쓸데없는 짓을 했다는 식으로 하나하나 비판하면서 모두 중단시켰고 급기야 내게 거의 사원급이 해야 할 일들을 부과했습니다. 심지어는 결재 라인에서 나를 사실상 배제하는 바람에 부하 직원들이 내 방에 오는 걸 꺼릴 정도가 됐습니다. 나는 더 이상 버틸 수가 없어서 연말에 사직할 생각으로 그룹 본사에 내 뜻을 전했습니다. 다행히 본사에서는 여러 사람에 대한 인터뷰를 거쳐 조직 진단을 끝내고는 나를 그룹 본사로 이동하도록 했지요.

내가 직장 생활과 맞지 않는 사람일 수도 있지만 그저 상사와 내가 맞지 않는 것일 수도 있습니다. 어떤 경우에라도 내가 온 마음을 쏟아 일에 집중하는 한 내게 잘못은 없습니다. 자신을 탓할 일이 아닙니다.

존재감을 확인하면 주인 의식이 절로

경영 이야기로 나아가 봅시다. 만일 최고 경영자가 "천재 한 명이 보통 사람 10만 명을 먹여 살린다"라고 말한다면 그 말을 듣는 조직 구성원들은 어떤 생각을 할까요? 과연 '그 한 명이란 바로 나를 두고 하는 말이구나!'라고 생각할 사람이 몇 명이나 될까요? 대다수는 자신을 10만 명 중의 하나라고 생각하지 않을까요? 단 한 명의 스타를 만들기 위해 대다수의 조직 구성원들로 하여금 열패감을 느끼게 할 이유가 있을까요? 그러한 끝없는 무한 경쟁 속 생존의 강박관념 속에서 과연 원활한 협업이 일어날 수 있을까요?

그런데 만일 어떤 최고 경영자가 "9만 9,999명이 모두 각자의 역할을 다 해준 덕분에 한 명의 스타가 대표로 빛을

본 것이다"라고 말하면 어떨까요? 조직 구성원 한 사람 한 사람은 각자 소중한 경영의 주체라는 자존감을 갖게 될 겁니다.

조직에서 구성원들이 자신이 존중받는다고 느낄 때는 성과 보너스를 받거나 승진했을 때만이 아닙니다. 오히려 그러한 동기 유발 효과는 그리 오래가지 않습니다. 그보다는 회사가 자신의 잠재력을 최대한 발휘할 수 있도록 관심을 갖고 도와줄 때, 그리고 때로는 시련을 통해서 자신이 성장하고 있다고 느낄 때 조직 구성원은 배려받고 있다고 느끼며 자신의 존재감을 확인합니다. 무조건 잘해주는 것이 배려가 아니라 성장하도록 도와주는 게 진정한 배려라는 이야기입니다.

예를 들어볼까요? 내가 인화원장으로 부임해서 보니 해외 MBA(경영전문석사) 과정에 보내준다는 조건으로 한 직원이 이미 특별 채용되어 있었습니다. 그러나 회사 사정으로 그의 해외 유학은 계속 미루어졌습니다. 하지만 그 직원은 개의치 않고 묵묵히 성실하게 일했습니다. 그는 매년 성과 평가에서 높은 등급을 받으며 직속 상사와 적절한 피드백을 주고받았기에 조직에서 자신이 잘하고 있다는 확신이 있었을 겁니다. 하지만 회사는 그를 티가 나게 특별 대접하지는 않았습니다.

몇 년 후 과장이 된 그는 회사에서 공식적으로 운영하는 해외 유학 프로그램에 선발되어 2년간의 석사과정을 밟고 돌아왔습니다. 인화원 임원들은 그를 잘 써먹으려고 벼르고 있었지요. 그런데 나는 그를 다른 계열사로 옮기도록 했습니다. 당장은 익숙하지 않은 회사로 가는 것이 힘들겠지만 큰 사업을 하는 회사에 가서 더욱 성장할 기회를 주고자 한 것이었습니다. 그 직원은 그런 도전을 받아들이고 그 회사로 가서 더욱 열심히 일해 크게 성장했습니다.

회사에서 중요한 사람이라는 존재감을 확인해 주면 조직 구성원의 주인 정신은 저절로 솟아나게 됩니다. 자신이 이 조직에 있어도 그만 없어도 그만인 사람이 아니라 '아, 이 회사는 나를 소중하게 생각하는구나, 그래서 나의 발전과 성장에 관심을 갖는구나'라고 느낄 때 구성원은 자신의 존재감을 확인하게 됩니다. 자신이 회사에서 중요한 사람이라는 사실이 확인되면 바로 이어서, 이 일은 내 일이고 이 부서는 내 부서이며 이 회사는 내 회사이고 곧 내 삶이라는 생각을 하게 되는 것이지요. 이렇게 주인 정신이 솟아나면 자연스럽게 창의성이 발휘됩니다. 창의성은 결코 강요한다고 해서 생겨나는 것이 아닙니다. 주인이 되면 저절로 우러나오는 것입니다.

노동하는 인간의 두 측면

많은 회사들이 인간존중 경영을 말합니다. 그 이유가 무엇일까요? '인간이니 존중하는 것은 당연한 것 아닌가?'라고 되물을 수도 있습니다. 그러나 회사 경영에 있어서의 인간존중은 일상 생활에서 일반적으로 쓰이는 뜻과는 차이가 있습니다. 어떤 의미를 가지고 있는 걸까요?

회사 경영에 있어서 인간은 노동하는 인간을 의미합니다. 노동하는 인간의 본질적 특성을 나는 두 가지 차원에서 봅니다. 그 하나는 '자원 Resource'으로서의 생산과정의 한 요소라는 측면이고, 다른 하나는 '원천 Source'으로서의 소중한 존재, 그 자체라는 점입니다.

먼저 노동을 '자원' 혹은 '생산요소'로 볼 때는 공평성Equity의 경영 원칙이 적용되어야 합니다. 이는 회사 내에서 일과 관련하여 개개인의 능력과 성과의 차이를 인정한다는 의미에서 '기능적 불평등성' 원리에 기초하여 능력과 성과를 중심으로 평가하고 보상하는 것을 말합니다. 즉, 일을 잘하는 사람에게 성과급도 많이 주고 승진도 빨리 시키는 것이지요. 이것이 공평성입니다. 일을 잘하거나 못하거나 똑같은 월급과 성과급을 받고 똑같이 승진하는 것은 공평하지 않다는 것입니다. 물론, 여기에는 능력과 성과를 평가하고 피드백하는 인사제도가 잘 갖춰져 운영되고 있다는 전제가 반드시 필요합니다. 이 부분이 어렵다고 해서 공평성의 원칙을 포기해서는 안 됩니다.

한편 '원천' 측면에서 볼 때 노동하는 인간은 존재 그 자체로서 존엄한 존재입니다. 이 차원에서는 평등성Equality의 경영 원칙이 적용되어야 합니다. 여기서는 누가 누구보다 더 낫다, 못하다, 높다, 낮다 등으로 차별할 수 없다는, 즉 '존재론적 평등성' 원리가 적용되어야 하지요. 회사의 최고 경영자든 생산직 노동자든 구내 식당에서 식단이 달라야 할 이유는 없고 다 같이 줄 서는 것이 자연스러운 것입니다.

자원 측면에서 보면 노동은 생산성 극대화를 위한 관리의 대상이지만 원천 측면에서 보면 인간은 무한한 잠재력을 가진 이성적, 감성적, 영성적 존재입니다. 그래서 노동하는 인간은 생산요소이면서 동시에 생산과정의 설계자이자 경영의 주체가 될 수 있는 것이지요. 조직 구성원의 역량을 어떻게 발휘하도록 할 것인가를 고민하는 것이야말로 회사와 경영자의 본원적 책무입니다.

양수겸장, 공평성과 평등성

경영자는 공평성의 원칙과 평등성의 원칙을 때에 따라서 자유자재로 쓸 수 있어야 합니다. 공평성의 원칙을 적용해야 할 경우에 평등성의 원칙을 적용하면 회사는 효율성을 상실하고 시장경쟁에서 밀려나게 됩니다. 시장경제에서는 효율성의 확보가 생존의 기본 조건이기 때문이지요. 또한, 시장에서의 공정경쟁이 중요한 만큼 회사와 조직 내부에서의 공정한 경쟁도 중요하다는 것을 잊지 말아야 합니다. 높은 능력으로 더 좋은 성과를 내는 사람에게 더 많은 보상과 기회가 주어지는 것이 공평한 것입니다. 그래서 조직 내의 온정주의는 철저히 경계해야 하는 것이지요.

반대로 평등성의 원칙을 적용해야 할 영역에 공평성의 원칙을 적용하면 조직은 삭막해지고 조직문화는 피폐해지게 됩니다. 개개인의 탁월한 성과라는 것도 사실은 수많은 협력자들의 도움으로 가능한 일입니다. 자발적으로 협력하는 조직문화를 만들어 내지 못한다면 지속적이고 건실한 경영 성과를 기대하기 어렵습니다. 인간人間이라는 한자는 서로가 기대고 비빌 언덕이 되어주는 모습을 하고 있습니다. 사람과 사람 사이의 공간, 그 공간의 에너지, 이것이 바로 사람입니다. 사람은 사람을 필요로 합니다.

공평성과 평등성, 얼핏 모순Contradiction으로 보이는 이 두 가지를 경영자는 역설Paradox로 풀어내야 합니다. 앞에서도 잠시 언급했지만, 이는 마치 동양사상에서 보는 태극 문양 속의 음양의 모습 같기도 합니다. 만물을 생성하는 에너지의 근원으로서 음과 양은 서로 구분되어 있으나 결코 분리되어 있지 않습니다. 이 둘이 분리되는 순간 음은 음의 기운을 잃고 양은 양의 기운을 잃게 되고 말지요. 양이 있어서 음이 음일 수 있고 음이 있어서 양은 양일 수 있습니다. 음과 양은 늘 함께 있어야 합니다. 조직 운영에서도 공평성과 평등성의 원칙은 구분되어 있으나 결코 분리되지 않은 채 역동적인 에너지를 만들어 내야 합니다.

회사를 경영하고 조직을 운영함에 있어서 노동하는 인간을 공평성과 평등성의 역설적 융합 원칙으로 대하며, 배려에서부터 비롯되는 존재감과 주인 정신에 바탕한 자발적 창의성 발휘를 추구하는 것이 바로 인간존중 경영입니다. 이는 실로 조직 구성원이 가진 잠재력이 최대한 발휘되도록 하는 조직 운영 방식이기에 조직의 지속 가능성을 위한 실사구시적인 현실 원리입니다. 희망과 용기를 품고 긍정적인 기운으로 충만한 조직은 어떤 경우에도 앞으로 나아갈 수 있습니다. 쉽지 않지만 이것을 실천하는 것이 경영자, 즉 리더의 가장 큰 책무라고 할 수 있겠지요.

소통하라, 소통하라,
그리고 또 소통하라

<u>Q</u> 직속 상사와 총괄 상사의 커뮤니케이션 방식이 달라서 힘듭니다. 말단 직원인 저는 직속 상사의 지시를 받는데, 가끔 총괄 상사가 일을 시킬 때가 있습니다. 그럴 때 직속 상사에게 보고하면 짜증을 내서 눈치가 보입니다. 또 직속 상사를 통해 총괄 상사에게까지 보고된 줄 알고 일을 진행했는데, 총괄 상사는 전혀 모르고 있어 난감할 때도 있습니다. 소통이 잘 되지 않는데도 상사들은 문제의식이 없습니다. 메신저 그룹 방이라도 만들고 싶은 마음입니다. 제가 그래도 될까요?

조직 생활에서 한 개인이 아무리 똑똑하고 의욕이 넘친다 해도 위, 옆, 아래로부터 협조와 지원을 받지 못하면 결국 그는 아무것도 이룰 수 없습니다. 이를 위해서는 조직 내에서 원활한 커뮤니케이션이 가능해야 하는데, 그러려면 자기 역할에 대한 각자의 분명한 인식이 있어야 하고 또 상호 간의 신뢰가 필수적입니다.

오랫동안 대학에서 홀로 연구하던 나는 회사로 왔던 초기에 적지 않은 어려움을 겪었습니다. 물론 대학에서도 연구 활동을 하며 동료들과 아이디어를 교환했고, 학과목을 가르치면서는 학생들과 소통했고, 행정 일을 하면서는 직원들과 협업해야 했습니다. 하지만 그것은 상사/부하의 관계 속에서 이루어지는 일이 아니었습니다. 나 혼자 일하는 게 기본이었고 일의 성과도 개인 성과 위주였지요. 그러나 학교에서와 달리 회사에서는 보고건 토론이건 대부분의 시간을 항상 상사, 동료, 부하들과 의사소통하면서 집단적인 성과를 만들어 내는 방식에 익숙해져야 했습니다.

삼각형 세 꼭짓점 간의 소통으로

당시 나름대로 나는 회사가 필요로 하는 영역에서 앞선 지식으로 무장되어 있었으며 아이디어도 많았고 의욕도 넘쳤습니다. 철저하게 사전 준비를 해서 상사에게 업무를 보고하고 승인받아 과감히 일을 추진해 나갔지요. 그러면서 위계질서적인 대기업 조직에서 임원에게 주어진 포지션 파워를 활용해서 효율성을 중심으로 부하 직원들을 가르치고 지시해 나갔습니다. 한편 빨리 혁신하고 성과를 내야 한다는 조바심도 있었습니다. 예를 들면 외국의 파트너 회사와 업무 협의를 해야 할 일들이 종종 있었는데 비용도 절감하고 업무 스피드도 높이려고 실무자 없이 혼자 출장을 가기도 했습니다.

그런데 어느 날부터인가 회사 내에서 내가 일하는 방식에 문제가 있다는 이야기가 나오기 시작했습니다. 실력은 인정하겠는데 너무 혼자서 일한다는 비판도 들려왔습니다. 나로서는 참 억울했지요. 또한 내가 뭐라고 말하면 동료들이나 부하들이 '저 사람이 무슨 뜻으로 저런 말을 하나?

속마음이 뭔가?'라고 추측하려 든다는 것을 알게 되었습니다. 그래서 "나는 내 생각을 그대로 말하는 것이고, 내가 말하는 것은 내 마음 그대로이니 쓸데없이 추측하느라 에너지 낭비하지 말라"라고 했지만, 그들의 생각을 바꾸는 것은 쉽지 않았습니다.

이러한 오해를 받으며 힘들어하는 나를 보고 어느 날 당시 선배께서 한 수 가르쳐 주신 것이 있었습니다. 소위 삼각소통Triangular Communication 방식이었습니다. 예를 들면 사장, 임원, 실무자 구조를 가진 회사라면 세 사람이 상하 관계에서 직선으로만 소통하는 것이 아니라 삼각형의 세 꼭짓점의 위치에서 세 개의 변을 통해서 소통하는 것입니다. 우선, 사장은 필요하면 언제나 임원이든 실무자든 누구에게라도 바로 이야기할 수 있습니다. 사장이 임원에게 지시한 바가 있거나 함께 논의해서 결론을 냈다면, 임원은 이를 다시 실무자에게 자세히 설명해 줄 의무가 있습니다. 사장은 임원에게 말했다고 해서 자신의 역할이 끝난 것이 아닙니다. 시시때때로 실무자와 직접 소통해서 자신이 임원에게 말한 것이 정확히 전달되었는지 확인해야 합니다. 그리고 임원은 사장이 종종 그렇게 확인한다는 사실을 알고 그것을 당연시해야 합니다. 그것이 사장의 역할이요, 권한이라고 인정해야 하는 것이지요.

한편, 임원은 실무자가 가져온 보고 내용을 정확히, 그리고 자신의 판단을 더해서 사장에게 알릴 의무가 있습니다. 또한 실무자는 일반적으로는 직속 상사인 임원과 소통하는 방식으로 일하겠지만 경우에 따라서는 총괄 상사인 사장과 직접 소통하면서 일할 수도 있습니다. 이런 경우엔 반드시 사후에 임원에게 그 내용을 설명해야 합니다. 설명을 들은 임원은 적절한 시점에 사장에게 자신이 그 내용을 인지하고 있다는 것을 알릴 필요가 있습니다.

간혹 직속 상사와 총괄 상사 사이의 삼각형 변이 잘 작동하지 않을 수도 있습니다. 난감한 상황이지요. 내 입장에선 두 사람 모두 상사인데 그 둘 사이의 소통을 강제할 수도 없고요. 그럴 때는 두 사람을 상사로 생각하지 말고 소통의 파트너라고 생각해 보도록 합시다. 이제 직속 상사가 어떤 이유로라도 총괄 상사와의 소통을 피할 때, "제가 대신해서 보고할까요?"라고 물어볼 수도 있겠지요. 또 총괄 상사가 나의 직속 상사와의 소통을 피한다면 총괄 상사에게 직접 지시받은 내용을 내가 직속 상사에게 보고할 수도 있겠지요. 그런데도 나아지지 않는다면 그 삼각형을 내가 떠나는 것이 최선일 수도 있습니다.

소통은 내용뿐만이 아니라 방향이 중요

우리가 일하는 시장경쟁 사회에서는 의사결정의 스피드가 점점 더 중요해지고 있습니다. 그런데 과거의 위계질서적 조직 운영 방식으로는 이 점에서 경쟁사를 이길 수 없습니다. 그래서 조직을 운영할 때는 톱다운Top Down과 보텀업Bottom Up을 모두 활용해야 할 뿐만 아니라 삼각소통 방식을 통해서 보다 정확하고 빠른 의사결정을 해나가야 합니다. 그런데 이렇게 하다 보면 얼핏 소통에 너무 많은 에너지와 시간을 쓰는 것은 아닌가 하고 회의가 들 수도 있을 것입니다. 그러나 실제로 해보고 익숙해지고 나면 이보다 더 효율적인 방법은 없다고 생각하게 될 것입니다.

내가 인사팀장으로 일할 때 옆에는 전략, 재무, 감사,

홍보, 법무 등 다른 팀들이 있었습니다. 팀장은 대부분 상무나 부사장급들이었는데 기존의 일하는 방식은 대체로 이러했습니다. 예를 들면 A팀의 팀장은 어떤 사안을 자기 아래의 수석부장한테 지시하고 그는 이를 B팀의 수석부장과 논의하고 B팀의 수석부장은 이를 자기 상사인 B팀 팀장에게 보고하는 것입니다. 일상적이고 반복적인 일들의 경우에는 이렇게 하는 것이 깔끔할 수 있습니다. 그러나 경우에 따라서는 A팀 팀장과 B팀 팀장이 직접 소통해서 강도 높은 논의를 한 다음, 각자의 수서부장들에게 디브리핑해 주고 부장들끼리 추가 논의를 하게 할 수도 있습니다. 또는 A팀 팀장이 B팀의 수석부장과 먼저 논의를 하고 그 후 그 내용이 잘 전달되었는지 B팀 팀장에게 직접 확인할 수도 있습니다.

나는 인사팀장으로서 다른 팀장들 방에 수시로 찾아가서 상의를 많이 했습니다. 나보다 직급이 낮은 타 팀장의 경우에도 일이 있으면 항상 내가 먼저 찾아가서 상의했습니다. 내 직급이 높다고 내 방으로 부른 적은 없습니다. 직위로 일하는 게 아니라 직책으로, 그리고 동료로서 함께 일하는 것이니까요. 늘 업무를 놓고 다른 팀장 방을 찾아다니다

보니 2~3년이 지나면서부터는 나를 한 식구로 받아들이는 게 느껴졌습니다. 그뿐만 아니라 인사팀 직원들도 다른 팀의 구성원들과 점점 더 원활하게 소통하는 것을 보게 되었습니다.

최근에는 그 명성이 많이 떨어졌지만, GE는 2000년대 초반까지 재무 성과뿐 아니라 혁신과 경영자 육성에서 가장 탁월한 기업으로 인정받았습니다. 당시 GE의 그룹 연수원장은 스티븐 커Steven Kerr 박사였는데 서던캘리포니아대학교University of Southern California의 교수와 경영대학장을 지냈고, 당시 CEO였던 잭 웰치가 부사장으로 영입해서 GE 전체의 리더십 개발을 책임지고 있었지요.

그의 초대로 1996년 크로톤빌Crotonville이라고 불리는 GE의 연수원을 방문할 기회가 있었습니다. GE의 사업 전략 프로세스와 경영자 육성 프로그램에 대해서 직접 자세히 배울 수 있었지요. 그다음 날 그곳에서 멀지 않은 코네티컷주에 있었던 본사(현재는 보스턴 소재)를 방문해서 인사 담당 수석부사장이었던 빌 코너티Bill Conaty와 점심을 포함하여 3시간 가까운 대화를 나눌 기회를 가졌습니다. 인사 전반에 관하여, 특히 최고 경영자가 최고 재무책임자 등 C-레벨 고위 임원들과 어떤 방식으로 일하는지에 대해서 들을 수 있었습니다. CEO인 잭 웰치 회장 역시 충분한 커뮤니케이션을 위해 시시때때로 실무급 임원에게 직접 전화해서 이것저것 물어보고 확인한다는 걸 알았습니다. "그러면 (실무급 임원의 상사인) 당신이 좀 당황하거나 불편하지 않나요?" 내 물음에 코너티 부사장은 웃으면서 답했습니다. 웰치 회장은 늘 그러니까 자기는 이젠 익숙하다는 겁니다. 그리고 CEO는 자신이 필요할 때는 조직 내에서 위계와 상관없이 그 누구한테도 직접 이야기하고 물어볼 권리가 있다고 덧붙였습니다. 더군다나 회장한테서 직접 연락받은 실무급 임원은 사후에 반드시 자기한테 보고하기에 아무 문제가 없다는 것이었지요. 웰치 회장이 재임 시에 "소통하라, 소통하라, 그리고 또 소통하라Communicate, communicate, and communicate!"라고 외쳤던 이유를 알 것 같았습니다.

'척'이 통하지 않는 세계

예전에 한 임원이 있었는데 아주 똑똑하고 논리적이며 성실한 사람이었습니다. 그는 대학 졸업 후 외국의 유수 경영대학원에서 석사학위를 받고 다국적 기업에서도 일한 경험을 가진 아주 유능한 인재라서 승진도 빨랐습니다. 회의를 할 때 다른 사람들과 토론하기를 좋아했고 스스로도 대화와 소통을 중시한다고 자부했습니다. 그러나 동료나 부하들은 그와 회의하는 것을 별로 즐기지 않았습니다. 왜냐하면 그는 듣는 듯하지만 듣지 않고 있었고, 이미 스스로 결론을 내려놓고 나서 대화한다는 걸 알아차렸기 때문입니다. 그런 소통 방식은 동료나 부하들로부터 진정 어린 이해와 지원을 얻지 못하는 결과를 초래합니다. 그렇게 되면 사업적으로도 결국 어려움에 처하게 되는 것이지요.

소통은 말로만 하는 것이 아닙니다. 표정과 몸짓으로도 합니다. 소통은 머리와 마음이 함께 작동해야만 제대로되는 것입니다. 나의 생각과 아이디어와 계획에만 매몰되어 있으면 나는 보고 있어도 상대방은 내가 그를 보고 있다고 느끼지 못합니다. 나는 듣고 있어도 상대방은 내가 듣고 있다고 느끼지 못합니다. 그러면 상대방은 진정한 만남이 이루어지지 않고 있다고 느끼게 되고, 두 사람 사이에는 물길이 섞이지 못하게 되지요. 상대방으로 하여금 내가 그에게 관심이 있다고 느끼게 해야만 소통이 시작될 수 있습니다. 그러려면 내가 진심으로 상대방에게 관심을 가져야 합니다. 나의 눈으로 상대방의 눈을 들여다보아야 하고 눈빛에는 나의 에너지를 실어야 합니다. 그의 심장에 도달해야 합니다. 상대방의 생각과 계획, 의도를 이해하려고 애씀과 동시에 상대방을 한 인간으로 대하고 그 사람 자체에 관심을 기울여야 합니다.

이 영역에서는 '척'할 수가 없습니다. 상대방이 순식간에 내 관심의 진정성을 간파하기 때문이지요. 특히 아랫사람이 나에 대해 소통을 잘하지 못한다고 느낀다면 아마도 내가 의식하든 의식하지 못하든 파워 관계에서 아랫사람에게 충분히 존중하는 자세와 진정한 관심을 갖지 않았기 때문일 것입니다. 윗사람에게 하는 만큼 정성을 들이지 않았다는 이야기이지요. 위계적인 관계에서 '아랫사람은 나의 모든 것을 귀신같이 알고 있다'라고 전제하는 것이 현실적입니다. 부하는 늘 상사인 내게 신경을 곤두세우고 있기 때문입니다.

간혹 윗사람은 아랫사람의 소통 능력을 잘못 판단할 수 있습니다. 윗사람에게 듣기 좋은 말만 하고 충성하는 모습을 보인다면 소통을 잘하는 사람이라고 오해하는 것이지요. 그러나 실제로는 불통인 때가 많습니다.

"상사에게서 존경받고 부하에게서 인정받자"가 회사 생활의 모토였던 한 선배가 다시 생각납니다. 그는 윗사람에게는 차가운 진실을 전하기 마다하지 않았고, 아랫사람의 말에는 뜨겁게 응답했습니다. 그는 소통의 본질을 꿰뚫은 리더였습니다.

후배 상사와 일하고
선배 부하와 일해야 하는 조직 생활

Q 직장 생활을 한 지 10년이 넘어가면서 관리직이 되어야 한다는 부담이 큽니다. 동기들이 하나둘 관리직으로 승진하는 걸 보면 아직 능력을 인정받지 못하는 것 같아서 조급해지면서도, 내성적이고 예민하고 강박적인 제 성격이 관리 직무에 맞지 않을 것이라는 걱정이 듭니다. 관리직을 맡지 않고 하던 업무를 더 깊게 파고 싶지만 후배가 관리하는 팀에서 부담스러운 존재가 될 것이 뻔합니다. 관리 직무를 잘할 수 있도록 어떻게든 노력을 해야 할지, 지금이라도 다른 일을 찾아봐야 할지 마음이 복잡합니다.

조직 생활에서 승진만큼 중요한 것이 또 있을지 모르겠습니다. 대부분의 경우 회사에 들어온다는 것은 쉽게 말하면 잘 먹고 잘살기 위해서입니다. 물론 어떤 특별한 뜻을 품고 사명감을 갖고 입사하는 경우도 있지만 그건 아주 드문 경우이지요. 자신의 능력을 발휘해서 어떤 성취를 이루고자 하는 마음과 함께 그 조직에서 인정받고 성공하고자 하는 마음은 누구에게나 공통된 것입니다. 승진은 그 개인이 조직으로부터 인정받고 있다는 평가의 결과일 뿐만이 아니라 조직 내의 다른 사람들, 특히 동료들 간의 상대비교에서 자기 존재감을 확인하게 되는 것인 만큼 아주 중요한 동기부여 기제입니다. 따라서 조직 생활에서는 승진이 초미의 관심사가 되는 것입니다.

관리직 승진과 리더십

전통적이고 위계질서적인 피라미드식 조직이든, 아메바 형태나 셀Cell 형태의 수평적 조직이든 사람들이 모여서 일하는 조직에서는 역할과 책임 범위Roles and Responsibilities에 따른 직위와 직책이 있게 마련입니다. 일반 기업, 정부 부처, 공공기관, 혹은 시민단체, 그 어떤 조직에도 직위와 직책이 있지요.

　그리고 승진이라고 하면 직책 승진과 직위 승진이 있는데, 직책 승진은 한 단위조직의 운영 책임이 주어지는 것으로서 맡게 되는 조직의 크기Size가 더 커지는 것이 대부분입니다. 여기서 크기라 함은 대개는 그 단위조직에 속한 인원의 숫자, 매출이나 이익 규모, 혹은 예산의 크기 등을 말하지요. 물론 그 조직의 물리적 사이즈와 함께 회사 전체의 입장에서 볼 때 그 조직이 갖는 전략적 중요도에 따라서 직책 승진이 이루어지기도 합니다. 즉, 더 높은 자리로 올라가는 것인데 통상적으로 급여 인상뿐만이 아니라 조직 운영에 필요한 부가 급여나 예우 등이 주어지게 됩니다. 한편, 직위 승진의 경우에는 운영해야 할 조직의 크기가 달라지지 않거나 혹은 작아진다 해도 그 개인의 능력이나 성과가 탁월할 경우에 그에 대한 인정과 보상으로 주어지는데 직위 타이틀의 변화 혹은 급여 인상 등으로 표현되지요.

　대부분의 경우 승진이라고 하면 직위와 직책이 모두

상승하는 것을 말합니다. 관리직이라 하면 또 다른 표현으로는 보직을 받는 것인데 일반직과 달리 자기 개인의 능력과 성과뿐 아니라 다른 사람들의 능력과 성과를 제고하여 조직 전체의 성과를 끌어올리는 책임이 있는 것이지요. 그래서 전통적으로 조직 내에는 여러 가지 직책이 만들어지고 금전적, 비금전적 보상도 대개는 그 직책에 맞추어져 있습니다. 그러니 승진은 자신이 인정받고 있다는 자부심, 내재적Intrinsic 동기요인일 뿐만 아니라 보다 나은 처우에서 오는 외생적Extrinsic 동기요인으로도 작용하는 것이지요.

전통적으로 관리직이 일반직보다 더 높은 보상을 받는 것은 개인의 능력과 성과를 넘어서 조직 단위에서의 탁월한 성과에 대한 책임을 지기 때문입니다. 그런데 대개의 조직에서는 위계의 상위로 올라갈수록 직책의 숫자가 적어집니다. 아주 자연스러운 현상이지요. 그 정점이라고 할 수 있는 CEO의 경우는 한 사람으로 수렴되니까요. 그러니 거기까지 가는 과정에서 끊임없는 경쟁은 불가피합니다.

그런데 승진을 '직책 승진' 한 가지에만 국한하는 것이 조직 구성원 개개인이나 그 조직 전체를 위해서 과연 가장 유용한 것인가는 잘 따져봐야 합니다. 책임을 맡고 있는 조직의 크기와 자신의 자존감이나 만족감의 크기가 반드시 비례하는 것은 아닙니다. 개인에 따라서는 의사결정을 하고 명령하고 지휘하는 것보다 어떤 특정 영역에서 긴 호흡으로 자신의 전문성을 제고하는 것을 더 선호할 수도 있습니다. 관리직으로 승진한다는 것은 실은 이제는 리더십을 발휘해야 한다는 것을 의미합니다. 리더십은 여러 가지로 설명할 수 있겠지만, 한마디로 한다면 다른 사람을 리더로 만들어 주는 것입니다. 왜냐하면 조직 전체의 성과를 올리기 위해서는 조직 구성원 각자가 최대한의 능력을 발휘해야만 하기 때문이지요. 리더는 앞에서 끌기도 하지만 뒤에서 밀기도 해야 하고 또는 감싸 안아서 하나로 뭉쳐내기도 해야 합니다.

관리직으로 승진해서 리더십을 발휘한다는 것은 쉬운 일이 아닙니다. 그렇다고 해서 앞에서 말한 '내성적이고 예민하고 강박적인 성격'이 리더십과 반드시 상반되는 것은 아닙니다. 리더십의 스타일은 수천수만 가지입니다. 우리나라에서는 전통적으로 지장智將, 덕장德將, 용장勇將 등으로 구분해 오기도 했지요. 요즈음 말로 하면 기획력이 뛰어난 리더, 포용력이 큰 리더, 돌파형 리더라고 할 수 있는데, 리더는 사실 이 세 가지 모두를 갖추어야 합니다. 다만, 어떤 면의 특성을 더 가지고 있는가에 따라서 어떤 스타일의 리더인가를 말할 수 있다는 것이지요.

성격이 내성적이면 실은 자기성찰 지능이 남들보다 더 높을 수 있습니다. 자기 자신의 객관화를 통해 남들에 대해 더 깊이 이해할 수 있는 것이지요. 예민하다는 것은 자신과 남, 주변에 대한 촉각이 발달했다는 뜻이므로 어떤 사안에 관해 남들보다 더 명확히 그 본질을 파악할 수 있습니다. 또 강박적인 성격이라면 집중력과 인내심이 클 수 있고 또 성취 동기가 대단히 높을 수 있습니다. 따라서 자신의 성격 그 자체가 문제가 아니라 회사 안에서 남들과 더불어 일하면서 자신의 성격적 특성들을 어떻게 발휘할 것인가가 관건이라고 할 수 있습니다.

가장 중요한 것은 내가 정말 리더가 되고 싶은가, 리더가 될 각오가 되어 있는가를 확인하는 것이라고 생각합니다. 왜냐하면 리더십의 여정은 길고 험난하기 때문입니다.

성공 체험을 통해서 리더십이 커지기도 하지만, 때로는 처참한 실패 속에서 파편 조각이 되어버린 자존감을 되찾기 위해서 자기의 내적 고독과 고통을 견뎌내면서 성장하기도 해야 하기 때문입니다.

따라서 조직 관점에서는 관리직 승진 대상자를 평가할 때 각 개인의 리더십의 특성과 크기와 확장 가능성을 잘 보아야 합니다. 단지 연차만으로 관리직을 맡기는 것은 실은 위험도가 높은 일입니다. 리더십을 갖추지 못한 그 개인이 관리자로서 실패할 경우, 조직에도 부정적 영향을 미치지만 그 개인에게도 다른 길로 성장할 수 있는 기회를 막은 셈이 되니까요.

연구직과 경영직, 투 트랙 시스템

내가 LG 그룹의 인사팀장이었을 때 바로 이 승진 문제를 다루었습니다. 대개 신입 사원으로 입사해서 부장까지는 많이 올라갑니다만 임원 승진은 참으로 쉽지 않은 일이었지요. 그리고 임원이 되었다 하더라도 그다음이 보장된 것은 아닙니다. 현실적으로 임원들의 근속 기간은 그리 길지 않았습니다. 이는 기본적으로 매년 성과에 대한 압박이 그만큼 컸기 때문입니다. 그래서 임원이 '임시 직원'의 약자라는 말을 할 정도였지요. 그럼에도 대기업에서 조직 생활을 하는 이상 임원 승진은 대개 누구나 원하는 목표이기도 합니다.

한편, R&D 부문은 원천기술과 응용기술을 연구하고 개발하는 역할을 하는데, 실제적인 성과가 나타나기까지는 상대적으로 긴 시간이 요구됩니다. 그런데 이 부문은 회사의 경쟁력을 결정하는 만큼, 다양한 우대 프로그램을 운영했습니다. 그럼에도 현실적으로 임원 승진은 쉽지 않은 일이었습니다. 그래서 임원 전체를 경영직과 연구/전문직으로 나누었습니다. 소위 투 트랙Two Track 시스템을 만든 것이지요. 그리고 R&D 부문 내에서도 경영직과 연구직을 나누었습니다.

기본적으로 경영직 임원은 일반 사업을 맡든 혹은 연구조직의 조직장을 맡든 그 조직의 장단기 성과와 성장성에 대한 책임을 져야 합니다. 그리고 연구직의 경우는 경영직 임원 타이틀 대신 연구위원제도를 만들었습니다. 연구

위원은 경영직 임원에 버금가는 처우를 하되 평가 주기를 훨씬 길게 잡아서 일정 영역에서의 연구 활동을 장기적 관점에서 지속적으로 할 수 있도록 했습니다. 그리고 조직의 관리 책임을 지지 않지만 그 개인의 성과에 따라서 연구위원 내에서도 직위 승진이 가능하도록 했습니다.

이러한 투 트랙 시스템을 만드는 것은 조직 구성원들의 다양한 능력을 폭넓게 활용할 수 있게 하기 위함입니다. 하지만 더욱 중요한 것은 이런 제도를 일상의 경영활동에서 제대로 운영하는 것이지요. 예를 들면 어떤 포지션을 경영직으로 분류할 것인가 연구직으로 분류할 것인가 하는 문제에 있어서는 매우 정밀한 사전 조사가 필요합니다. 실제로 업무 시간이 어떤 활동에 쓰이는가에 대한 타임 스터디도 필요한 것이지요. 직간 전환의 원칙도 중요합니다. 연구 위원으로 일하던 임원이 리더십을 인정받아서 경영직으로 옮길 수도 있습니다만 그 개인에게 이는 상당한 위험 감수가 필요한 일이지요. 사실상 돌아오지 못할 다리를 건너는 것이나 마찬가지니까요. 원칙적으로 경영직 트랙에서 성과를 내지 못할 때 연구직 트랙으로 (되돌아)갈 수 없게 하는 것입니다. 온정주의를 막는 것이지요. 물론 경영직에서 성공적으로 일한 임원이 회사의 필요에 의해서 어떤 특정 연구 활동을 위한 연구직으로 옮길 수도 있지만 이는 아주 예외적인 경우입니다.

후배 상사와 선배 부하, 함께 일하기

내가 조직 책임자가 되는 것보다 한 분야에서 집중적으로 더 깊이 파고 경험을 축적해서 전문성을 키우고 싶어 하는 경우라면 조만간 후배가 나의 상사가 되고 내가 그 부하로서 일해야 하는 상황을 받아들여야 합니다. 자신의 역할을 재정의하고 소통 방식에도 변화를 주어야 합니다. 근본적으로는 소위 '직책 권한Position Power'보다는 '영향력에 바탕한 리더십Influential Leadership'을 추구해야 하겠지요.

상사가 된 후배 입장에서는 부하가 된 선배와 어떻게 소통해야 할지를 잘 모르는 경우가 많습니다. 막상 승진해서 상사가 되었지만 선배인 부하와 일하는 것은 쉽지 않은 일입니다. 그래서 심지어는 부하인 선배와의 소통을 회피하거나 포기하는 경우도 있습니다. 그러나 이는 참으로 무책임한 행동이고 조직의 변화와 혁신에도 도움이 되지 못합니다. 선배인 부하와는 기본적으로 일 중심적으로 사고하고 대화해야 합니다. 그리고 일 중심적으로 제대로 소통하기 위한 한 가지 전제가 있습니다. 즉, 상대를 나와 동등한 인격체로 여겨야 한다는 것입니다. 위아래에 구애받지 않는 동등한 인간으로서 대접하는 것이지요. 그 바탕하에서 일에 관해 객관적으로 대화하고 필요한 의사결정을 하는 것입니다.

그런데 동시에 또 한 가지 반드시 필요한 것은 승진하지 못하고 나의 부하가 된 선배의 마음을 헤아리는 것입니다. 조직에서 인정받고 승진하지 못해 후배의 부하가 된 선배의 열패감과 자괴감은 큽니다. 나 몰라라 할 일이 아닙니다. 외면하면 간극은 더욱 벌어질 것입니다. 일의 바깥에서 그를 만나고 그의 경륜과 지혜를 인정하고 배우겠다는 자세를 보여주어야 합니다. 시간과 에너지가 많이 드는 일이지만 진정으로 그에게 끈질기게 다가가면, 비록 그는 상처받은 자존감을 완전히 회복하지는 못하더라도 적어도 나에 대한 적개심은 갖지 않을 것입니다. 선배 부하의 정서 관리는 후배 상사의 책임입니다.

부하가 된 선배 역시 후배인 상사와 일하는 것이 쉽지 않습니다. 상사인 후배에게 어떻게 접근해야 할지 몰라서 당혹스러워하는 것이지요. 일 중심적 업무 방식이 기본으로 자리 잡고 있다면 사실 그리 어렵지 않을 수도 있겠지만 연공 서열적 관계 중심의 소통에만 익숙하다면 어려울 수 있습니다. 이때 상사가 된 후배 밑에서 일하는 선배는 무엇보다도 그 후배가 일과 관련해서 상사인 것이지 인간으로서 나의 상사는 아니라는 것을 기억해야 합니다. 동시에 조직 내에서 그의 능력과 권한을 인정하고 내가 선배이니 대접을 받아야 한다라는 생각도 깨끗이 접어야 합니다. 그간 자신이 쌓아온 경험과 지혜에 바탕하여, 직위가 아니라 영향력에 기초한 리더십을 발휘해야 합니다.

내가 계열사 대표이사였을 때 지주회사의 대표이사 사장은 나이나 사장 승진 연도로 나의 후배였습니다. 소속된 조직은 달랐지만 오랫동안 서로 알고 지낸 사이이기도 했습니다. 나는 그의 성격이나 인간성에 대해서는 별로 관심을 두지 않았습니다. 다만, 그가 맡아서 하는 업무들이 워낙 엄중한 일들인 만큼 그 역할에 집중해서 그를 대했습니다. 그도 일과 관련해서는 분명하고 단호했지만 인간적으로 나를 서운하게 하지는 않았습니다. 그래서 여러 가지 어려운 사업적 이슈들도 협의하에 잘 해결할 수 있었습니다.

일 중심의 소통, 관계 중심의 소통

많은 조직에서 세대 교체가 이루어지고, 젊은 후배들이 나이 든 선배의 상사가 되는 일이 많아지고 있습니다. 조직에서 후배를 승진시켜서 선배의 상사를 만드는 것은 대개 조직의 변화와 혁신을 위한 조치일 것입니다. 성장과 발전이 직선적이었던 과거에는 연공에 따른 축적된 경험이 그 개인의 능력을 말해주고 따라서 업무 성과도 보장할 수 있다고 여겼지만 지식과 기술의 변화 속도가 어지러울 정도인 지금의 시대는 그런 가정이 더 이상 성립하지 않는 듯합니다.

그런데 우리나라는, 예를 들면 미국과 비교하면, 여전히 신분사회의 성격이 강하고 연공서열 문화가 사회 심리적 바탕에 자리 잡고 있습니다. 따라서 일 중심적 사고와 행동보다는 나이와 입사 기수에 기반한 관계 중심성이 강한 것으로 보입니다. 우리 사회의 일부 영역에서는 후배가 승진해서 내 위로 오면 일괄 사표를 내는 관행이 아직도 있습니다. 이는 어쩌면 우리가 다양한 방식의 소통에 아직 서툴러서 그런 것이 아닌가 생각됩니다.

그리고 또 상사들 중에 간혹 조직 안에서 인기 얻기에 골몰해서 일하는 사람들이 있습니다. 상사로서 시킬 일을 확실히 시키고 결과를 챙겨야 함에도 아랫사람에게 싫은 소리나 제대로 된 지시를 하지 않고 대충 온정주의로 넘어가려는 것이지요. 이런 태도는 실상은 소통을 회피하는 것입니다. 소통의 과정에서 있을 수 있는 갈등을 직면하고 해소할 자신도 의사도 없는 것이지요. 이렇게 일 중심이 아니라 관계 중심으로만 일하는 조직은 성과에 따라 생사가 갈리는 회사라기보다는 일종의 정치조직 같은 것입니다. 이런 조직은 결국은 소비자를 포함한 이해관계자들로부터 버림받게 됩니다. 생산성 하락으로 제대로 된 제품과 서비스를 만들어 내지 못하기 때문입니다.

그렇다고 일 중심적 사고나 행동이 관계 중심적 소통 방식보다 항상 우월하다는 것은 결코 아닙니다. 경우에 따라서 다른 것이지요. 모든 조직은 일을 하기 위해 사람들이 모인 곳입니다. 그리고 일의 결과, 성과에 따라서 지속 가능성을 확보하기도 하고 망하거나 해체되어 버리기도 합니다. 일반 회사들은 고객과 시장이 최종 평가자입니다. 특히 상장 주식회사들은 자본시장의 혹독한 평가에 항상 노출되어 있습니다. 비영리 조직도 이해관계자들의 평가에 따라서 지속성을 확보하기도 하고 망하기도 합니다. 따라서 무슨 일을 어떻게 해서 어떤 성과를 낼 것인가가 모든 조직의 기본적인 관심사이어야 합니다. 그런 점에서 일 중심적 사고와 행동의 중요성이 부각되는 것입니다. 다만, 일 중심이라고 해서 관계 중심이 무시되어서는 결코 안 됩니다. 조직 구성원 각자 모든 인간은 이성적, 감성적, 영성적 존재이기 때문이지요. 두 가지 모두 필요합니다.

내가 LG 그룹의 인사 담당 부사장이었을 때였습니다. 당시 구본무 회장은 LG가 1947년 창업 이후 견지해 왔던 경영철학인 '인화'에 대한 문제의식을 가지고 있었습니다. 원래 LG의 '인화'란 '조직 구성원들 상호 간에 사전에 충분한 협의를 거쳐 원칙을 정하고, 이 원칙을 지키기 위해 각자 서로 노력하고 최선을 다하며 그 결과에 대해 정확한 분배를 하는 것'이라는 의미로서 합리성에 바탕한 것이었습니다. 그러나 LG가 급격히 성장하고 시간이 흐르면서 '인화'가 '온정주의'로 변질된 면이 있다는 것이었지요. 그래서 나에게 요구한 것이 철저한 '성과주의 인사제도'의 구축과 실행이었습니다. 따라서 나는 모든 인사제도와 실행 프로세스를 성과주의에 입각해서 새로이 구축해 나갔습니다.

그러던 몇 년 후, 회장과 점심 식사를 하는 자리에서 이런저런 이야기를 나누다가 회장이 나에게 던진 말이 "이 부사장, 그런데 사람 눈에 피눈물 나오게 해서는 안 됩니다!"였습니다. 아마도 나의 일 중심적 업무 방식이 지나쳐서 관계 중심성을 간과했다고 판단한 듯했습니다. 그 한마디 코멘트는 나로 하여금 성과주의 인사에 대해 다시금 깊이 고민하게 만들었습니다. 일 중심적 조직 관점과 관계 중심적 개인 관점의 조화와 역설적 통합에 대한 고민은 결국은 리더십에 관한 고민으로 이어졌습니다.

소통은 조직의 혈액순환, 피가 돌지 않으면 백약이 무효

조직 내에서의 소통은 마치 몸 안에서 피가 도는 것과 같습니다. 혈액순환이 되지 않을 때 몸에 온갖 질환이 생기듯이 소통이 되지 않으면 조직 내에 병이 생기는 것입니다. '카더라 통신'에서 뒷담화에 이르기까지 온갖 문화적 질병이 창궐해서 조직의 에너지를 소진시킴으로써 구성원들의 창의성과 자발성을 고갈시키게 되는 것이지요. 조직의 변화와 혁신을 위해서 후배를 선배 위로 승진시켰다면 변화와 혁신의 책임을 승진한 그 후배에게만 지워서는 안 됩니다. 그를 지원하고 도와주어야 합니다. 또 부하가 된 선배들에게만 책임을 지워서도 안 됩니다. 그들을 설득하고 격려해야 합니다. 조직 전체가 변화와 혁신의 성공을 위해서 투신해야 합니다.

조직이란 일을 하기 위해서 사람들이 모여 있는 것입니다. 일 중심의 소통 방식이란 '우리가 어떤 일을 왜 하는가'에 대한 합의를 전제로 합니다. 그리고 일을 놓고 함께 토론하고 소통해야 합니다.

후배가 상사가 되었다고 무조건 내가 그에게 짐이 될 것이라고 단정하지 않았으면 좋겠습니다. 그 상사가 어떤 일을 어떻게 하려고 하는지, 내가 어떻게 도울 수 있을지 함께 고민하고 논의하고 행동했으면 좋겠습니다. 그를 후배로서가 아니라 한 조직인으로, 그리고 이제 자신의 새로운 역할을 제대로 하려고 하는 내 위의 상사로 여기고 일을 중심으로 놓고 볼 수 있기를 바랍니다. 상사인 후배는 부하인 선배로부터 지혜를 배우고, 선배인 부하는 후배인 상사로부터 에너지를 얻을 수 있다면 최선의 조합이 될 수 있을 겁니다. 어차피 우린 일하기 위해 모인 조직 아닌가요? 소통을 포기하는 것은 소통을 어떻게 해야 할지 잘 모르겠고 또 그 자체가 에너지가 많이 들어가는 매우 힘든 작업이기 때문이기도 합니다. 그러나 아무리 힘들어도 소통해야 합니다. 특히 조직 개편과 승진 후 초기에는 단기간에 어떤 가시적인 큰 변화와 성과를 만들어 내려 하기보다 소통 그 자체에 더 많은 시간과 에너지를 써야 할지도 모릅니다. 피가 돌지 않으면 백약이 무효이기 때문이지요.

다가가기 어려운 MZ세대,
어떻게 같이 일할 수 있을까

Q 젊은 직원들은 회식을 꺼립니다. 개인 생활을 위한 시간이 뺏기는 걸 싫어해서 주말 워크숍은 상상도 못 합니다. 직장 생활을 하면서 관계를 돈독히 하고 공유가치도 나누고 팀워크도 만들어야 하는데 다들 뿔뿔이 흩어져 제각각 지내려고만 하니 힘듭니다. 회사에서는 함께 이룬다는 성취감이 중요한데 개인만 내세우는 게 이기적으로 보입니다. 또 한편 기성세대에 대한 불만이 커서 '블라인드' 같은 곳에 익명으로 회사 불만을 여과 없이 분출하기도 합니다. 불만과 불안을 품은 젊은 직원들에게 어떻게 다가가야 할지 모르겠습니다.

나 자신 역시 회식을 부담스러워했던 기억이 납니다. 내가 1995년에 귀국해 회사 생활을 시작했을 때 다양한 회식 자리가 있었습니다. 그런데 대체로 그 자리들은 별로 즐겁지가 않았습니다. 첫 번째 이유는 퇴근하고 집에 가서 가족들과 보낼 시간이 없어지는 것이었습니다. 아마도 15년간 외국에 살면서 가족 중심의 생활에 익숙해져서 그랬던 것 같습니다. 더구나 외국에서는 회사 생활이 아니라 학교 생활을 했으니 상대적으로 회식 자리가 별로 없기도 했지요. 무엇보다도 저녁 시간에는 내가 쉬어야 하고 특히 주말은 가족들과 보내야 하는데 주말에 회사 주최로 등산이나 워크숍을 가야 한다면 정말 고역인 것이지요.

또 한편 회식 자리가 불편했던 것은 사람들이 취기가 오르고 왁자지껄해야 뭔가 속마음을 서로 털어놓고 가까워진다고 생각하는 것이었습니다. 나는 밝은 대낮에도 말짱한 정신으로 서로 눈을 쳐다보면서 진지한 대화가 얼마든지 가능하다고 생각했기 때문이지요. 나는 일상의 업무 과정에서 진지한 대화를 하고 싶었습니다.

그리고 또 한 가지는 회식 자리는 대체로 윗사람 중심

으로 일방적으로 진행되는데 그런 획일적인 방식이 아주 불편했습니다. 상사 입장에서야 부하 직원들이 자기한테 맞춰주면서 하는 회식이 편안하고 즐거울 수도 있겠지만 하루 종일 상사 눈치를 보면서 일했는데 저녁 시간까지도 그런 상하 관계 속에 있어야 하는 부하로서는 편치 않을 수 있는 거지요. 25년 전 40대였던 내가 그랬으니 지금의 20대는 당연히 그럴 수 있다고 생각됩니다.

그래서 나는 상사가 되었을 때 아주 특별한 경우가 아니면 퇴근 후 회식 자리를 만들지 않았습니다. 간혹 반드시 필요한 회식을 하더라도 2차는 가지 않는다는 원칙을 세웠습니다. 부하 직원들이 2차를 꼭 하고 싶다면 그들끼리 가도록 했습니다. 아예 모른 척한 적도 많았지요. 또 비상 상황이 아니면 주말에 직원들을 찾지 않았습니다. 그래서 요즈음의 젊은 직원들의 이러한 성향은 어찌 보면 아주 당연하고 자연스러운 것일 수 있겠다는 생각이 듭니다.

나와 같은 베이비붐세대나 그 후의 소위 386, 지금의 586세대에 비해서 MZ세대는 삶의 주체로서의 자기 자신에 대한 인식이 훨씬 분명해진 것 같습니다. 나 혹은 개인의 발견이라고 할까요? 그러면서 권리의식이 강해진 것이지요. 일과 가정의 병행, 아이들과의 관계, 육아휴직 등, 회사에서의 승진이나 사회적인 성취 말고도 또 다른 행복의 기준들이 생겼습니다. 획일적 집단주의에 반한 개별적 존재로서의 개인의 중요성이 강조된 것이고 이는 분명한 의식의 진화라고 볼 수 있을 것 같습니다.

태도나 행동이 다른 세대, 그 속마음은?

최근에 경력사원을 채용하는 입사 면접을 진행한 어떤 회사의 임원이 들려준 이야기입니다. "왜 이 회사에 관심을 갖는가, 들어오면 어떤 일을 하고 싶고 장기적으로는 어떤 역할을 하고 싶은가?" 이 질문에 한 젊은 지원자가 "저는 합격해서 입사하게 되면 아마도 5년 정도만 다닐 것 같습니다. 어쩌면 10년 정도까지는 할지도 모르겠습니다"라고 답해서 자신을 포함한 면접 위원들이 무척 당황했다는 것입니다. 그렇지요. 기성세대로서는 당혹감을 느낄 겁니다. 이런 경우 그냥 좋게 솔직하다고 봐야 할지 혹은 우리 회사에 진지한 관심이 없다고 봐야 할지, 과연 그를 채용해야 할지 참 곤혹스럽습니다. 아무리 자신의 능력에 자신감이 있는 MZ세대라 하더라도, 설혹 속으로 그런 마음을 갖고 있어도 면접에서 이렇게까지 솔직하게 말하지는 않을 텐데, 이런 솔직한 표현을 어떻게 받아들여야 할지 참 난감할 것 같습니다.

이때 회사에서는 잘 보이려는 사람과 솔직하게 보여주려는 사람을 갈라서 보는 것이 중요하다는 생각이 들었습니다. 잘 보이려는 사람은 심리적으로 불안정 Insecure 한 사람일 가능성이 있지요. 그런데 일부러 위악하는 듯한 태도를 보이는 사람은 실은 오만함을 내보이는 경우일 수도 있습니다. 솔직함이란 사실은 위선도 위악도 아닌 것이어야 하지요. 잘 구분해 보아야 할 것 같습니다.

그런데 그 이야기를 듣고 나는 이런 생각을 했습니다. 과연 회사는 그들이 그 지원자에게서 무엇을 원하는지 분명히 알고 있는 걸까? 그가 이 회사를 평생직장으로 생각하지 않는다고 해서 회사가 그를 내치는 게 맞을까? 예를 들면 회사 입장에서 한 5년 정도 같이 일하고 헤어지는 것도 괜찮다고 생각할 수도 있지 않을까? 결국은 지원자가 회사로부터 무엇을 원하는지 분명히 아는 것이 중요하듯 회사도 지원자에게서 무엇을 원하는지를 잘 아는 것이 중요하다고 생각했습니다.

경쟁, 불안, 생존

소위 MZ세대, 젊은이들이 갖는 불안감은 대단히 높은 것 같습니다. 그전 세대에 비해서 물질적으로는 그리 궁핍하지 않았지만 어려서부터 극심한 경쟁에 내몰려 온 결과, 시험 성적과 등수에서는 그 어느 세대보다도 민감하다는 것이지요. 어떤 젊은 직원으로부터 20~30대의 MZ세대를 한마디로 한다면 '내 삶을 보호하는 것이 1순위인 사람들'이라는 말을 들었습니다. 그만큼 불안감이 크다는 말이겠구나, 하고 이해했습니다. 끊임없는 경쟁이 불안을 낳고 그 불안이 내 것을 지켜야만 한다는 자기 보호 본능을 강화시키고, 그것이 자기 권리에 대한 민감함으로 나타나는 것이 아닌가 싶습니다.

예를 들면 한국공항공사 비정규직의 정규직 전환에

대한 반대와 지방 의대 신설에 대한 기존 의대생들의 극심한 반대, 또 대학의 본 캠퍼스 학생들이 분교 학생들을 하위 레이블로 보는 것 등이 있습니다. 자신들만큼 능력과 성적을 보이지 못한 사람들에게 똑같은 대우를 하는 것이 불공정하다는 것이지요. '내가 어려서부터 얼마나 고통스럽게 공부하고 경쟁해서 얻은 것인데 그걸 감히 거저먹으려 해?' 라는 분노심이라는 것입니다.

사실 비정규직이 없던 시대를 살아보지 않은 MZ세대는 비정규직은 원래 있었으니 있는 게 당연하다고 생각할 수 있습니다. 외환위기 이후 급격히 증가한 비정규직 노동의 문제를 해결하려는, 즉 어떤 사회적 정의를 실현하려는 일이라 해도 나 자신의 삶을 보호하는 것만큼은 중요하지 않다는 것입니다. 자기가 지금 가지고 있는 정규직이라는 기득권이 자신의 전부이자 정체성인데 갑자기 비정규직이 자신과 똑같이 대접받는다면 자존감이 무너지며 마음의 상처를 느낀다는 것입니다. 항상 경쟁하고 등수에 집착하는 한국에서는 학벌이 평생의 지대Rent로 활용되기 때문인 것 같습니다.

위로 가는 문은 계속 좁아지면서 극심한 취업난과 내 집 마련이 사실상 불가능해진 사회·경제적 상황 속에서 부모세대보다 경제력이 못한 첫 세대라는 것이 불안감을 넘어서 커다란 절망감으로 작용하는 듯합니다. 매슬로Abraham Maslow의 그 유명한 '욕구 5단계설'을 다시 생각하게 합니다. 제일 아래가 생리적 욕구, 그 위는 차례로 안전 욕구, 소속 욕구, 자기존중 욕구, 그리고 자아실현 욕구입니다. 우리 사회는 산업화, 민주화 이후 욕구의 3단계를 넘어서 4단계 혹은 5단계 수준으로 올라갔다고 생각했는데, 지금의 젊은이들은 다시 생존과 직결된 1단계 혹은 2단계 수준에서 힘들어하고 있는 것은 아닌가 하는 생각이 들었습니다.

'블라인드' 같은 사이트를 통해서 익명으로 주저 없이 자신의 회사에 대한 불만을 거침없이 분출하는 것은 기성세대에게는 참으로 당혹스러운 일입니다. 회사 내 임원들에게 그런 행동은 미성숙하고 애사심이 없는 무책임하고 비겁한 짓으로도 보일 것입니다. 그러나 다른 한편으로 생각해 보면 아마도 회사 내에서 불만을 터놓고 이야기할 수 있는 통로가 없거나 혹은 해봐야 아무 소용이 없고 잘못하면 나만 다친다는 불안에서 나오는 행동일 수 있겠지요.

회사의 문제는 가능하면 회사 내에서 해결하는 것이 가장 효율적이고 경제적입니다. 그러나 이미 과거 노동조합 등에서 하던 고충 처리 방식의 시대는 지났습니다. 이제는 온라인과 모바일 커뮤니케이션의 시대이고 세상은 감당하기 어려울 정도로 투명해지고 있습니다. 이런 상황에서는 좋은 일보다는 나쁜 일들이 더 쉽게 드러나기도 합니다.

이제 회사 내 시니어들은 과감한 인식전환을 통해 보다 더 창의적으로 사내 소통 방식에 대한 대안을 찾아내야 할 것입니다. 블라인드에 무엇이 올라올까 봐 전전긍긍하고, 회사에 필요한 어떤 제도나 프로그램을 혹시 젊은 직원들이 싫어할지도 몰라 지레 포기하기보다는 선제적으로 젊은이들에게 다가가고 설명하고, 필요하면 설득해야지요. 회사에 불만이 있는 것은 개인 관점에 머물러 있기 때문인 경우가 많습니다. 그러나 개인과 회사가 성공하기 위해서는 개인 관점과 더불어 조직 관점이 필수적으로 갖추어져야 합니다. 그것은 선배가 후배에게 설명하고 가르쳐야 할 영역의 하나입니다. 모든 리더는 후배들과 대화하는 법을 찾고 배워야 합니다.

나, 그리고 우리

젊은 직원들도 직장에서 뭔가를 만들어 내고 그것이 사회적 의미를 갖기를 원합니다. 회사 안에서 자기 성장 욕구도 대단히 높기 때문에 소위 잘나가는 부서, 주류에 들어가기를 원하고 자기가 어느 회사 어떤 직장에 다닌다는 사회적 꼬리표에 민감합니다. 그러면서도 이전 세대와는 달리, 한병철 교수가 『피로사회』에서 이야기했던 '성과 주체'가 되기를 거부합니다. 긍정적 에너지로 일하지 못하고 부정적 에너지로 일한다고 느낄 때 자신이 소진된다고 느끼며 이를 거부하는 것이지요.

그런데 또 한편, 조직 안에서 실수하거나 자신의 취약점이 드러날까 봐 많이 두려워하기에 선배들에게 잘 물어보지도 못합니다. 어려서부터 경쟁하고 평가받아 온 일상속에서 예민해지고 불안해지고 자기 검열이 강해진 것이지요. 일을 못한다는 지적에 엄청난 충격과 모멸감을 느끼고 못 참아서 퇴사하는 경우도 있습니다. 그렇지만 또 한편, 회사 안에서 존경하는 선배를 찾기도 합니다. 나이 들어서도 뒤로 빠지지 않고 묵묵히 자기 일을 성실하게 하는, 권위적이지 않은 그런 어른을 존경하고 그리워합니다. 젊은이들도 회사에서 자발성을 발휘할 수 있기를 원합니다. 내가 동의할 수 있는 비전을 가진 조직과 일체감을 통해 성과를 내고 희열을 느끼고 싶어 하는 욕구가 있는 것이지요.

회사는 우선 자기 자신의 시간과 공간을 원하고 공정한 대우를 원하는 젊은 직원들의 욕구를 충족시켜 주어야 합니다. 그리고 차차 우리 회사는 무엇을 추구하는가, 그것이 왜 중요한 것인가를 설명하고 젊은 직원들이 그 가치에 공감하는가를 잘 확인할 필요가 있습니다. 이 과정에서 가장 중요한 것은 가치 공유를 주도하는 경영진의 내적 확신입니다. 젊은 직원들은 부서장이나 임원들이 실제로 그 가치를 실천하고 생활화하는지를 자세히 볼 것입니다.

젊은 직원들은 일을 잘하려고 하고 일을 잘하는 데 필요한 지식, 노하우Know-How에 관심이 많습니다. 당연한 일입니다. 그런데 부서장과 리더에게 더욱 필요한 것은 '왜, 무

엇 때문에?'에 관련된 노와이Know-Why입니다. 즉, 그 조직의
공유가치를 구성원들과 나눌 수 있기 위해서는 일하는 데
필요한 지식만으로는 되지 않습니다. 그 회사의 존재 목적
에 대해서 말할 수 있어야 합니다. 이것은 프레임을 제시하
고 일과 조직에 대해 의미를 부여하는 능력입니다. 즉, 노와
이를 갖추어야만 노하우에 몰입하는 젊은 직원들의 생각과
마음을 이끌 수가 있습니다.

　젊은 직원들이 저녁 회식을 부담스러워한다면 낮 근
무 시간을 활용해야 합니다. 주말 워크숍은 간부들, 임원들
끼리 하고 젊은 직원들과는 평일에 하루를 내어서 하면 됩
니다. 이렇게 추구하는 가치를 공유하는 과정을 잘 진행하면
자연스럽게 임직원들 간의 관계는 돈독해질 것입니다. 다가
가고 또 다가가면서 끊임없이 소통하고 또 소통해야 합니다.

나도 불안했고, 앞 세대를 싫어했고, 공정에 목말랐습니다

내가 젊은이였을 때를 생각해 봅니다. 지금의 MZ세대가 취
업이 하늘의 별 따기이고 아파트는 언감생심, 아예 쳐다볼

생각도 못하고 부모세대보다 경제적으로 더 취약하다고 느끼는 데서 오는 불안과 자기 보호 본능의 발현과는 달랐지만 실은 나 역시 불안했고 생존에 급급했습니다.

베이비붐세대인 나는 지금보다 훨씬 열악한 사회경제적 여건 속에서 컸습니다. 부모님들은 일제강점기 때 태어나서 식민지 피정복자로 살다가 한국전쟁에서 가까스로 살아남은 난민들이셨지요. 그분들에게는 사실 가족들이 하루 세끼 밥 굶지 않고 따스한 방에서 잘 수 있게 하는 것이 삶의 1차 목표였습니다. 그렇게 사신 그분들에 대해 늘 뭔가 부채감을 느꼈지요. 열심히 공부하고 일해서 장남인 내가 어떻게 해서든 집안을 다시 일으키고 소위 버젓이 살아야 한다는 의무감을 갖고 살았습니다. 성취와 성공에 대한 강박이 어린 시절부터 내 몸과 마음속에 단단히 자리 잡았던 것 같습니다. 영관급 직업군인이셨던 아버지와 악착같이 아끼고 살림하고 부업하신 어머니 덕에 턱걸이 중산층 정도의 생활을 하면서도 언젠가 다시 집안을 일으켜야 한다는, 난민의 후예로서의 내 사명을 잊은 적이 없었지요.

그러면서 또 한편, 지금의 MZ세대가 586과 베이비붐

세대들에게 느끼는 비호감과 적대감을 젊었던 나 역시 부모 세대에게 느꼈던 것을 기억합니다. 일제강점기에 항일운동을 한 조부 밑에서 태어나고 자란 배경이 있었음에도 술 한잔 하시면 일본 노래를 부르는 아버지와 친척 어른들이 너무나 싫고 못마땅했습니다. 오로지 아끼고 절약하느라 외식 한 번 안 하는 부모세대에게 답답함을 느꼈습니다. 여전히 생존이 최우선 순위였기에 군사독재체제에 순응하며 목소리를 내지 않는 그분들이 비겁하게 느껴져 경멸하는 마음이 들기도 했습니다.

고교 시절에는 정치·사회적인 현실에 눈뜨기 시작했고 1973년, 대학에 들어가서는 당시의 권위주의 정권이 뿜어내는 숨 막히는 공기 속에서 살았습니다. 최루탄 속에서 데모하고 도망 다니며 늘 잡혀가지 않을까 불안과 울분 속에서 보낸 대학 생활이었습니다. 사회정의에 대한 갈증으로 목이 타는 시기였습니다. 졸업 후 취업은 어렵지 않았습니다만 부모로부터 유산을 아예 기대할 수 없었던 만큼 내 힘으로 자식들을 키우고 공부시키고 집을 마련해서 살아야 하는 삶이었지요. 2년여 직장 생활 후 경제적 여건으로 도저히 되지 않는 해외 유학을 시도했습니다. 유신체제하에서 회사에 다니며 삶이 암울하고 절망스러워서 일단은 이곳을 떠나야 했습니다. 딱 1년 버틸 수 있는 돈을 마련해서 1980년 유학을 떠나 15년간을 학생으로, 또 교수로 가르치고 연구하는 생활을 했습니다. 후진국 출신 마이너리티로 또 경계인으로 살았던 미국 생활 15년, 그 바닥에는 보이지 않는 차별로부터 오는 불이익과 미래에 대한 불안이 있었지요.

가난한 유학생, 가난한 교수 생활을 거쳐 1995년 귀국하면서 또 한 번의 변곡점을 지났습니다. 커다란 위험감수Risk-Taking였습니다. 미래는 전혀 보장되지 않았고 성공도 불확실했지요. 귀국한 해 어느 날 북한산으로 등산을 갔습니다. 정상에 올라서니 지금의 노원구 상계동 쪽으로 어마어마한 아파트 단지가 보였습니다. 마치 무슨 공상과학영화를 보는 듯 비현실적으로 다가왔습니다. 그러면서 든 생각이 '아, 저 성냥갑 같은 아파트 한 채가 나와 내 가족에게는 없구나!'였습니다. 그리고 실제로 내 집을 사는 데 13년이 걸렸습니다. 내 집 없는 설움을 잘 압니다. 임시 직원의 약자인 임원으로 회사 생활 21년이 그렇게 시작되었습니다.

한편, 기업 섹터로 옮겨 오면서 나의 관심은 회사와 시장에서의 '공정성'에 초점이 맞추어졌습니다. 인사는 학연, 지연, 혈연이 아닌 능력과 성과에 따라 공정하게 이루어져야 하며, 노사관계는 노사 간의 힘 대결보다는 각자의 역할에 따른 파트너십에 바탕해야 한다는 생각으로 일했습니다. 그뿐만 아니라 소유지배 구조에 있어서 2% 지분으로 100% 지배권을 행사하는 것이 아닌, 소유한 만큼 지배한다는 원칙에 따라서 지배권의 정당성을 확보하고 공정한 의사결정 구조가 만들어져야 한다고 확신했습니다. 그래서 지주회사체제 전환 프로젝트에서 열심히 일했습니다. 그리고 회사 밖 시장에서는 공정경쟁이 확보되어야 한다는 소신을 기회가 있을 때마다 밝혔습니다. 재벌의 불법, 탈법, 편법은 용인되어서는 안 되는 것이었습니다. 왜냐하면 이는 시장에서의 공정경쟁을 해치기 때문입니다. 실은 나의 이익을 보호하기 위해서 공정성을 주장하는 것입니다. 시장 경쟁에서 남의 이익이 보호되지 않는다면 우리의 이익이 보호될 수 없는 것이고 따라서 나의 이익도 보호될 수 없는 것이지요. '우리'가 없이는 '나'도 있을 수 없다고 생각했습니다.

결국 미래의 주인은 MZ세대입니다

나는 미래가 더 나아질 거라는 희망을 포기하지 않습니다. MZ세대가 새로운 시대를 열어갈 것이라고 확신합니다. 보다 수평화되고 개인이 존중받고 개인의 희망이 우리의 희망이 되는 시대에는 과거의 퇴행적 권위주의 권력이 기반을 잃을 것이라고 생각하기 때문입니다. 어려서부터 지독한 경쟁 속에서 '우리'를 잃고 '나'만 남은 MZ세대, 자신이 가진 것은 무한 경쟁을 통해서 연마한 '능력'밖에 없고 거기에 합당한 대우를 받아야 한다고 생각하는 이들을 이해하는 데서부터 기성세대는 새로운 역할을 찾을 수 있다고 생각합니다.

사실 중요한 것은 젊은이들이 회사에 들어온 이후 무엇을 느끼고 배우는가입니다. 이들은 회사 생활에 익숙해지고 경험을 쌓으면서 차차 자신의 안위도 중요하지만 회사의 발전도 중요하다는 걸 느끼게 되지 않을까요? 회사라는 조직에서 일하면서 성과를 내고 인정을 받는 것이 나 혼자만의 능력으로 되는 것이 아니고 남들과 협력해야 하는 것이며, 또 내 사정만 챙기려다 보면 회사에 문제가 생기고 그 불행이 결국 내게 돌아온다는 것을 알게 되지 않을까요? 그러면 이들도 조직 관점을 갖추게 될 것입니다.

결국에는 MZ들이 리더가 되고 조직을 이끌어 가야 할 텐데 이들에게 요구되는 리더십은 과거의 리더십과 얼마나 다를까요? 그들은 선배들에게서 무엇을 배워야 할까요? 회사의 성과가 각 개인의 업적의 단순 합으로 계산될 수 있을까요? 사람들이 모여서 하는 일인 한 그럴 수는 없습니다. 조직 구성원들 간의 시너지가 불필요한 미래는 없습니다.

공정은, 현재 젊은이들만의 이슈가 아닙니다. 과거에도 그 이전에도 인간은 역사 속에서 공정성을 추구해 왔습니다. 우리의 조상 단군의 건국이념인 '홍익인간'이야말로 공정성의 원류라고 할 수 있습니다. 인간의 몸이 진화해 왔듯이 의식도 진화해 왔다고 생각합니다. 앞으로도 그러할 것입니다. 인간은 자발성을 통한 자기실현으로 인류 역사를 진화시켜 왔던 것입니다. 내가 그토록 매달렸던 '사회정의' 역시 공정성의 추구였습니다. 의식의 진화, 다층화, 다면화에 따라서 공정에 대한 기준도 달라질 따름입니다.

앞에서 내가 젊었을 때 나의 부모세대에 대해서 못마땅해했던 이야기를 했습니다. 그런데 돌이켜 보면 지금까지 나의 삶에서 나를 지켜주고 앞으로 끌어주었던 힘의 뿌리는 어려서부터 들었던 증조부님 세대의 항일운동, 독립운동의 정신이었다고 생각합니다. 개인이 자신의 존엄성과 정체성을 잃으면 노예의 삶을 살게 되듯이, 사회와 국가도 자기 정체성이 분명하지 않으면 역사에서 스러져 가게 됩니다.

잠시 역사 이전의 지구를 생각해 봅니다. 강원도 영월군 북면 문곡리에 가면 5억 년 전 광합성 활동을 시작한 고생대 원시 미생물인 스트로마톨라이트Stromatolite의 흔적과 건열 구조를 지금도 볼 수 있습니다. '아, 내가 지금 밟고 있는 이곳, 지구의 5억 년 전 모습을 내게 살짝 보여주는구나!' 경외심에 전율이 일어납니다. 5만 년 전 나타난 호모사피엔스는 어떻게 보면 스트로마톨라이트에서 시작된 진화의 한 결과이며 또 오늘의 나인 것입니다. 거대한 시간의 흐름 그 한 조각을 보여주는 자연 앞에서 나는, 자연과 인간은, 과거와 현재는 끊임없는 진화의 결과인 것을 알게 됩니다.

기성세대가 옳고 MZ세대가 그른 것이 아니고 그 반대도 아니지요. 옳고 그름의 문제가 아니라 다름의 문제입니다. MZ는 다가오는 시대의 주인공이 될 것입니다. 그들이 반드시 옳아서 주인공이 되는 것이 아니라 자연스레 그리되는 것입니다.

산업화, 민주화의 시대를 살아온 나는 이제 MZ에게 역사를 남겨주고 물러갑니다. 나의 앞 세대들이 그러했듯이 나 역시 이 세대의 성취와 한계를 함께 물려주고 떠나갑니다. 역사는 없어질 수 없습니다. 내가 과거의 유산을 이어받고 또 분투하며 살았듯이 MZ도 역사의 유산 속에서 또 그것을 넘어서면서 살아가야 하는 것이지요. 행운을 빕니다. 그리고 건투를 빕니다!

3
PART

경영,
결국엔 사람이었다

내가 일 자체를 새로
정의한다고 생각해 보세요

Q 일요일 밤이면 잠들지 못합니다. 아침에 눈을 뜨지 않기를 바

랄 때도 있습니다. 일하기 싫은 부서에서 같이 일하기 싫은 상사

를 만나는 게 너무 싫습니다. 가족의 생계를 유지해야 하는 탓에

함부로 사표를 낼 수도 없습니다. 어떻게 해야 이 고통에서 탈출

할 수 있을까요?

내가 현직에 있을 때 마지막으로 간 해외 출장지가 요르단이었습니다. 암만 상공회의소장의 요청으로 회원사 최고 경영자들을 위한 특강을 했는데 국제회의실에 100여 명 정도의 청중이 있더군요. 요르단이 중동에서 비교적 개방적인 나라여서 그런지 여성도 2~3명 눈에 띄었습니다. 강연 끝부분에 질의응답 시간을 가졌는데 한 여성 CEO가 물었습니다.

"강연자님에 대한 자료를 보고 또 강연을 들어보니 매우 성공적인 커리어를 만들어 온 것 같은데 그 비결이 무엇인가요?"

"소명 의식과 인욕忍辱(마음을 가라앉혀 온갖 욕됨과 번뇌를 참고 원한을 일으키지 않음)이요 Sense of mission and perseverance!"

생각할 시간도 갖지 않고 즉각 답하는 나 스스로에게 놀랐습니다. 평소에 의식하진 못했지만 이에 관해 많은 생각을 해왔기 때문이 아닌가 싶습니다.

이 '소명 의식'은 내 회사를 선진 기업으로 만들겠다는 비전 속에서 나 스스로가 부여한 사명이었습니다. 내가 1980년 이후 외국에서 오래 연구 생활을 하면서 쌓아온 소망은 내 나라가 선진국 반열에 올라, 세계 어디에 대한민국 여권을 내놓아도 최소한 영국, 프랑스, 독일 국민 정도의 대접을 받는 것이었습니다. 대학에서 가르치면서 미국 기업들의 경영혁신 사례를 보며 나는 한국 기업이 아이디어와 기술, 브랜드로 우뚝 설 때 국격도 크게 높아지리라 생각했습니다. 15년 만에 귀국해 대학이 아닌 기업에 터를 잡으면서 '이 회사가 명실상부한 선진 기업이 되도록 그동안 연마한 모든 것을 바치자!'라고 다짐했습니다.

상사의 트집, 헌신 요구에서 배운 것

나름대로는 열심히 일했지만 모든 일이 순조로운 것은 아니었습니다. 몇 가지 고비를 꼽아보면, 첫째, 회의나 업무 과정에서 도무지 동의할 수 없는 상사의 트집 잡기와 비꼬는 태도가 거듭되는 일이 있었습니다. 바로 들이받고 회의실을 뛰쳐나가고 싶은 욕구가 끓어오르는데 그 분을 참느라 이를 악물어야 했던 적이 여러 번이었습니다. 결국에는 그 상사가 자리를 옮기는 바람에 다시 숨을 쉴 수 있게 되었지요.

또 다른 상사는 나를 견제하려고 잡다한 일만 시키고 결재 라인에서 사실상 배제했습니다. 2부 4장에서도 언급했지만 임직원들이 그의 눈치를 보느라 내 방에 들어오지도 못하는 수모를 1년 가까이 당했지요. 당시에는 아침에 출근하는 게 너무나 고역이었습니다. 그 사람과 같은 공간에서 또 하루를 지내야 한다는 것이 끔찍하게 느껴질 정도였으니까요. 결국 나는 멘토를 찾아가 사의를 표했습니다. 그때 멘토는 조금만 더 견뎌보라고 했는데, 나는 뭔가 변화가 준비되고 있다는 느낌을 받았지요. 그러더니 그해 연말 인사이동을 통해 문제가 해결되었습니다. 내가 그룹 인사팀장 자리로 옮기자 나를 힘들게 하던 그 상사의 태도가 순식간에 호의적으로 달라지더군요. 그때 인간에 대한 나의 생각이 한 뼘은 자란 것 같습니다. 간혹 사람은 옳고 바른 것에 따라 행동하지 않고 자신의 이익과 야심에 따라 순식간에 태도를 바꿀 수도 있다는 걸 알게 된 것이지요.

이런 일도 있었습니다. 그룹 계열사의 한 최고 경영자가 내가 원칙을 고집하며 자신의 입맛에 맞게 일을 처리하지 않는다면서 전화로 온갖 욕을 퍼부었습니다. 여러 사람들 앞에서 질책하고 무안을 주는 일도 반복되었습니다. 억울함과 모멸감이 밀려왔습니다. 멘토를 만나 하소연했지만 그도 구체적으로 무엇을 할 수는 없는 상황이었지요. 그러나 내 이야기를 들어주고 조용히 티 나지 않게 나를 보호해주었습니다. 그러면서 시간이 흐르고 회사 내의 상황이 달라지면서 나는 그 터널을 무사히 빠져나올 수 있었습니다. 그래서 조직 생활에서 신뢰하는 단 한 사람의 멘토를 만나는 것은 참으로 소중한 일입니다.

그 수모와 모욕을 내가 어떻게 견뎌냈을까. 돌이켜 보면 실제로 멘토의 도움과 최고 인사권자의 신뢰가 큰 힘이 되었지만 근본적으로는 내가 가진 소명 의식 때문이 아니었을까 생각합니다. 그 소명 의식이 있었기에 현실에서의 욕됨을 참았고, 또 그럴 가치가 있다고 생각했던 것 같습니다. 아무리 소명 의식이 있어도 그걸 현실에서 이루고자 애쓰는 과정에서 욕됨을 참지 못하면, 즉 인욕하지 못하면 그 소명은 한 자락 뜬구름처럼 그냥 사라지게 됩니다. 또한 일상에서 겪게 되는 욕됨은 선하고 바른 꿈을 현실에서 이루고자 하는 소명 의식 없이는 견뎌내기 어렵습니다. 소명 의식으로 인해 인욕할 수 있고, 인욕함으로써 소명 의식이 실현될 수 있습니다. 그래서 소명 의식과 인욕은 장기적 관점에서의 성취를 위한 서로의 필요충분조건입니다.

출근하기 싫은 날들을 견뎌내고 있다고 했지요? 이 고통을 마주하는 현명한 방법은 애초에 내가 왜 이 회사에 들어왔는지를 생각해 보는 것입니다. 물론 자신이 좋아하는 일이나 부서도 있을 수 있지만, 더 크게 회사 자체에 대해 스스로 부여했던 의미를 되새겨 보는 것이지요. 이 회사는 무슨 가치를 추구하는 회사이고, 나 자신은 이 회사에서 일함으로써 무엇을 이루려고 했는지 짚어보십시오. 자신이 선호하는 것도 중요하지만 회사가 필요로 하는 것도 중요하다는 데에 생각이 미치면 회사의 결정을 존중하게 됩니다. 길게 보면 내가 가진 개인적 관점뿐만 아니라 조직의 관점도 대단히 중요하기 때문이지요.

그러기 위해서는 먼저 내가 일하는 곳에서 어떻게 일하는 것이 좋은 것인지 떠올려 보아야 합니다. 그리고 어떤 의미에서는 '내가 이 부서를 새로 만든다, 존재 이유를 다시 쓴다, 일하는 방식을 새로 정립한다, 일 자체를 새로 정의한다'라는 자세로 해보는 것입니다. 나의 경험으로는 출근하기 싫고 배치받은 부서가 싫고 상사가 일을 시키는 방식이 나와 맞지 않는다고 생각되더라도 앞서 말씀드린 대로 소명 의식, 인욕과 더불어 나를 넘어서는 객관적인 조직 관점을 견지하면 결국은 더 큰 성과를 이루고 개인적인 성취감도 맛볼 수 있다고 생각합니다.

게다가 하기 싫은 일을 하다 보면 뜻하지 않게 보람을 느낄 때가 있답니다. 내가 그룹 인사팀장이었을 때 상사는 내가 자리를 비우는 것을 아주 싫어했습니다. 일과 관련하여 지극히 구체적이고 직접적인 경우가 아니면 외부 모임에 나가는 것도, 학계, 업계, 또 해외와의 네트워킹을 위해 활동하는 것도 거의 할 수가 없었습니다. 심지어 해외 현지 리더 현황을 파악하기 위한 출장조차도 다른 임원을 보내야만 했고 나는 늘 내 자리에 있어야만 했습니다. 내가 맡은 일 그 자체에만 집중하라는 메시지였지요. 처음에는 너무 답답하고 서운했습니다. 그러나 어쩌겠습니까. 상사가 원하는 대로 할 수밖에요. 그런데 오로지 맡은 일에만 신경을 쓰고 그 자체에만 집중하니 전에 보이지 않던 문제들, 놓쳤던 부분들이 눈에 들어오기 시작했습니다. 그러면서 차차 업무에 대한 생각이 더욱 깊어지고 인사이트가 생겨나는 것을 깨달았습니다. '완전한 헌신'을 통해서 이전부터 내가 갖고 있던 지식과 생각들이 보다 분명해지고, 단단해지고, 또 깊어지는 아주 소중한 경험이었습니다.

프레임을 바꾸자 역할의 의미가 달라져

조직 구성원들의 성장을 위해서는 일을 통한 훈련이 가장 효과적이라고 생각합니다만, 이 밖에 커리큘럼화된 교육 프로그램도 필요하지요. 기본적으로 기업 교육은 보상 관점이 아니라 투자 관점에서 실행돼야 합니다. 고생한 사람들에 대한 보상은 긴 휴가를 보내주는 것이 맞습니다. 하지만 기업 교육은 개인의 필요성보다는 회사의 장기적인 필요를 우선 고려해야 합니다. 거기에 맞는 개인을 찾아내서 투자해야 결과적으로 그 개인에게도 커다란 혜택이 돌아오게 되는 것입니다.

하기 싫은 업무도 프레임을 바꾸면 전혀 다르게 다가

온답니다. 내가 일하던 당시 인화원에서는 1년에 몇 차례 수백 명씩 참가하는 2주간의 대졸 신입 사원 교육이 있었습니다. 대강당에서 다 같이 진행하는 세션보다는 약 20명 정도의 여러 개 분반으로 운영하는 세션들이 더 많았기에 각 반을 이끄는 수십 명의 '지도 선배'들이 필요했습니다. 주로 인화원 내부 직원들이 돌아가면서 이 역할을 맡았는데, 일 자체가 피로도도 높고, 그 역할을 하면 다른 교육 과정에 지장이 생기기도 했습니다. 계열사에 지원 요청도 했지만 인사업무를 맡은 직원들만 거의 되풀이해서 파견을 왔지요.

그래서 우리는 운영 방식을 바꾸기로 했습니다. 우선 지도 선배의 의미를 2주간 신입 사원들이 함께 지내면서 배우고 싶어 하는 롤 모델의 역할로 정했습니다. 그리고 다양한 현업 부서의 대리~과장급의 우수 관리자로 한정해 계열사의 신청을 받기로 했습니다. 인화원은 각 사에 사정해서 보내주는 대로 받는 것이 아니라, 주도적으로 해당 요건을 정해서 일정 기준 이상을 만족하는 신청자를 선발하는 입장이 된 것이지요. 그것이 가능했던 것은 당시 각 사에서는 젊은 우수사원과 관리자들을 선발해 리더로 양성하는

'영Young HPI' 제도가 시작되고 있었는데, 제도는 만들어졌지만 실행 프로그램이 아직 미흡한 상황이었기 때문이었습니다. 그래서 각 계열사와 협의해서 신입 사원 지도 선배 프로그램을 이 제도의 실행 과정으로 운영하기로 합의했던 것이지요. 억지로 차출돼 신입 사원을 관리 감독하는 것이 아니라, 특별히 선발된 선배들이 후배를 리드할 기회로 프레임을 바꿔버린 것입니다. 이를테면 노동을 놀이로 바꾸는 발상의 전환이었다 할까요.

새 제도에 따라 계열사에서 선발된 지도 선배들을 오리엔테이션 하는 날, 한 직원이 도전적인 질문을 던졌습니다. "왜 이런 방식으로 하시는 건지요? 혹시 인화원의 인건비 절감을 위해서 계열사 인원을 동원하시는 건 아닌가요?" 나는 조금의 망설임도 없이 답했지요. "당신을 리더로 만들어 주기 위해서입니다." 장내가 조용해지고 어수선하던 분위기가 집중 모드로 전환되었습니다. 결과적으로 각 사에서 파견되어 오는 새로운 지도 선배들은 과거와 달리 의욕이 넘치고 열정적으로 후배들을 이끌었고 그들 스스로의 보람과 만족도도 올라갔습니다. 이처럼 기업 교육에서는 선발 방식이 초기 동기부여에 가장 큰 역할을 합니다. 발상을 바꾸니 모두에게 윈윈이 된 것입니다.

'회사가 내게 관심을 가지고 평가한다'고 믿습니까

<u>Q</u> 저희 회사는 인사이동이 잦은 편입니다. 소속 부서에 따라 개인의 역량이 다르게 평가되고, 그것이 회사 내 역할에도 큰 영향을 줍니다. 인사이동 전에 희망 부서 신청을 받지만 실제로는 인사권자와의 관계도 중요합니다. 저는 부서장 등과 네트워크가 강하지 않아 매번 불이익을 당하는 것 같습니다. 인사가 능력보다 연줄에 좌우되는 상황을 참아야 할까요, 아니면 인사권자들과 친분을 쌓아야 할까요?

사람의 몸은 여러 기관으로 이루어져 있지요. 뇌가 가장 중요할까요, 심장이 가장 중요할까요? 아니면 폐가 가장 중요할까요? 우리 몸의 각 부분은 다 필요가 있어서 생겨났을 뿐만 아니라 각 기관은 유기적으로 연결되어서 작동하게 되어 있습니다. 예를 들어 폐에 이상이 생기면 신체의 각 기관에 산소공급이 제대로 되지 않으면서 심장박동이 약해지고 뇌의 기능도 멈추게 되지요. 각 기관이 고유의 역할을 하는 과정에서, 경우에 따라서는 어느 특정 기관의 중요성이 상대적으로 더 부각되기도 합니다. 하지만 몸 전체의 관점에서 볼 때는 항상 각 기관들 간의 유기적인 상호작용에 관심을 기울여야 합니다.

회사를 단순히 부품으로 조립된 기계 시스템으로 본다면 한 부품이 망가지면 간단히 새것으로 교체하면 되겠지요. 그러나 회사를 살아 움직이는 생명체로 본다면 실상은 아주 복잡합니다. 회사 경영의 현실에서는 공식적이든 비공식적이든 각 부서의 '상대적 중요도'라는 것이 있을 수밖에 없습니다. 물론 이 상대적 중요도라는 것은 상황과 시기에 따라서 달라지기도 하지요. 각 개인의 능력과 회사에 대한 기여도가 사람마다, 그리고 시기마다 똑같을 수 없듯이 각 단위 부서의 중요도 역시 그러합니다. 바람직하기로는 경영진이 각 부서의 상대적 중요도를 평가하면서 동시에 각 부서가 어떻게 서로 유기적으로 움직이는가를 파악하는 것입니다. 그렇게 함으로써 어떤 조직도 소외되지 않고 회사 전체가 건강한 유기체로 작동할 수 있도록 관심을 기울이는 것이지요.

회사 조직이 생명체와 유사한 면이 있다면 시장은 생태계를 닮은 점이 있습니다. 그런데 생태계에서는 승자 독식도 없고 1등만 기억된다는 법칙도 없습니다. 그렇게 해서는 생태계가 지속 가능하지 않기 때문이지요. 각각의 종의 생존과 번성은 생존경쟁뿐만 아니라 다른 종들과의 상호부조에 의해서 가능해지는 것입니다.

살아 움직이는 생명체로서의 회사를 운영하는 데 있어서, 경영진은 '모든 부서, 각각의 부서가 모두 중요하다, 따라서 어떤 부서도 소외되어서는 안 된다'는 생각을 가지고 그에 필요한 행동으로 일관해야 합니다. 왜냐하면 주요 부서에서는 말할 것도 없지만 소위 지원 부서 혹은 덜 중요하다고 여겨지는 부서에서도 구성원들이 어떻게 일하느냐에 따라서 회사 전체의 성과에 크게 영향을 미칠 수 있으니까요. 예를 들면 어떤 회사가 설사 경쟁사에 비해서 다른 자원이 좀 부족하더라도 만일 구성원들이 자발적으로 창의성을 발휘한다면, 그 회사는 일당백이 될 수 있는 것입니다.

자발성과 창의성, 주인 정신과 존재감의 힘

어떻게 하면 그게 가능할까요? 어떤 경우에 그러할까요? 자발성과 창의성은 결코 강요에 의해서 발휘될 수 있는 것이 아닙니다. 나의 경우에는 나 스스로 나의 일과 내가 속한 조직의 '주인'이라고 느꼈을 때 온갖 아이디어들이 떠오르고 창의성이 저절로 발휘되었던 것 같습니다. 그리고 이런 주인 의식은 나의 존재감을 확인했을 때 생겨났던 것 같습니다.

또 한편 나의 존재 확인은 상사로부터의 인정과 승진에서도 느꼈지만, 좀 더 근본적으로는 '이 부서에서, 이 회사에서 일하는 것이 힘들긴 하지만 내가 성장하고 있구나'라고 생각했을 때 느꼈던 것 같습니다. 조직 안에서 일하는 사람이 자신의 존재감을 느끼지 못하면, 즉 '나는 있으나 마나 한 사람이다, 회사는 나에 대해서 관심이 없다'고 느낀다면 그 조직 안에서 자기의 존재 확인이 안 되는 것이므로 그런 상태에서는 결코 주인 의식을 가질 수가 없는 것이지요. 그리고 성장감은 성공뿐만 아니라 시련을 통해서도 얻게 됩니다. 나는 경영진이 구성원들에게 해줄 수 있는 최대의 배려는 바로 성공 체험과 시련 극복을 통해서 성장감을 느끼도록 해주는 것이라고 생각합니다.

소위 잘나가는 부서만이 아니라 무대 뒤에서 묵묵히 일하는 구성원들에 대한 일상적인 관심도 대단히 중요합니다. 나는 지주회사에서 일했을 때 업무지원 부서, 업무보조 사원들에 대해서 늘 마음을 썼습니다. 정기적으로 점심 식사에 초대하기도 하고 봄에는 근처로 벚꽃 산책을 함께 나가기도 했습니다. 그 부서가, 그들 개개인 한 사람 한 사람이 모두 소중하고 중요한 일을 하고 있다는 자부심을 느낄 수 있도록 노력했습니다. 인화원장으로 일하면서는 원내의 지원 부서뿐만 아니라 협력 회사에서 파견을 나와서 일하는 청소, 주방, 조경, 경비 직원분들도 인화원의 정규 직원과 똑같이 중요한 분들이라는 것을 일상적인 대화에서뿐만 아니라 휴게실 리모델링, 연말 음악회 초대 등 여러 가지 실질적인 조치를 통해서 행동으로 보여주었습니다. 그리고 그분들은 헌신적인 업무 자세로 응답해 주셨다고 생각합니다.

경쟁과 이타자리

구성원 각 개인의 입장에서 보면 잘나가는 부서, 주요 부서로 가고 싶어 하는 것이 당연합니다. 회사 안팎에서 받는 평가와 대접도 달라질 수 있으니까요. 그 때문에 구성원들 간에 주요 부서로 가고자 하는 일종의 경쟁이 일어나는 것인데 이는 사실 피곤하고 힘든 일이지요. 그렇지만 사실 사람들이 모여서 일하는 회사 조직에서 개인이나 부서 간의 경쟁이라는 것은 피할 수 없을 뿐 아니라 자연스러운 일입니다. 시장 시스템이라는 것 자체가 경제 주체 간의 경쟁을 기본으로 하고 있으니까요. 이것은 좋은 것도 나쁜 것도 아닙니다. 즉, 경쟁을 통한 효율성 추구가 시장경제의 요체라고 말할 수 있습니다. 경쟁에서 이기면 신나는 일이기도 하지요.

그런데 실제로 경쟁을 통해서 효율성을 얻으려면 두 가지 조건이 필요합니다. 협조, 그리고 공정한 룰입니다. 자연생태계가 그러하듯, 시장이 작동하는 과정을 자세히 살펴보면, 단순히 무한 경쟁만으로 움직이지는 않습니다. 지속 가능한 성과를 만들어 내기 위해서는 반드시 상호부조, 혹은 협력이라는 요소가 필요합니다. 다양한 이해관계자들과 협조한다는 것은 실은 상대방에 대한 배려인데 이는 이타자리利他自利, 즉 남이 잘되어야 내가 잘될 수 있다는 지혜로부터 오는 것이지요. 수단과 방법을 가리지 않는 무한 경쟁은 시장 그 자체를 파괴합니다. 불법, 탈법, 편법에 기댄 경제 행위를 사회가 묵인한다면 시장 참여자들 모두가 그런 시도를 하거나 아니면 아예 시장 행위를 포기함으로써 시장이 무너질 테니까요. 그렇기 때문에 시장경쟁이 효율성을 실제로 제고하려면 공정한 룰이 절대적으로 필요합니다.

회사 내에서 공정경쟁의 룰을 확보하는 가장 중요한 수단은 인사관리입니다. 진정한 변화는 조직문화에 의해서 일어납니다. 그리고 인사 시스템과 그 운영 능력의 수준이 그 회사의 조직문화를 결정한다고 해도 과언이 아닙니다. 회사의 최고 경영자가 경영권에 더해 인사권을 갖는다는 것은 무엇을 의미할까요? 앞서 1부 5장에서 소개한 바 있습니다만, 인사의 본질을 2,000년 전 『맹자』, 「공손추」편에서 말한 것을 간단히 줄이면 임현사능, 즉 현명하고 유능한 사람을 써서 그로 하여금 능력을 발휘하도록 하는 것, 이것이 인사권의 본질입니다. 오늘날의 기업 운영에 있어서도 여전히 유효한 원칙입니다.

사람을 쓰려면 일과 사람을 제대로 평가해야

사람을 쓴다는 것은 어떤 일에 가장 적합한 사람을 찾는 것이지요. 이를 위해서 CEO는 그 회사가, 어떤 부서가 무슨 일을 할 것인가에 대한 미션과 비전을 확실히 가지고 있어야 합니다. 그러고 나서 회사 내의 어떤 조직을 어떤 사람에게 맡길 것인가를 결정하는 것이지요. 사람을 쓰려면 사람을 제대로 평가해야 합니다. 하지만 한 개인의 평가는 불완전할 수밖에 없기에 어떤 기준을 정하는 것이 중요합니다.

그 기준은 인사 부서의 도움을 받아서 경영진으로 구성된 인사 위원회가 정하는 것이 좋습니다. 그리고 실제 인사를 할 때는 그 기준을 반드시 따라야 합니다.

만일 인사권자가 시스템과 프로세스에 의한 인사를 하지 않고 임의로 친한 사람을 쓰고 연줄에 따라서 인사를 한다면 그 인사는 실패할 확률이 대단히 높습니다. 왜냐하면 조직 구성원들이 회사를 신뢰하지 않게 되기 때문입니다. 그렇게 되면 회사 내에는 의심과 불안의 기운이 감돌게 되고 각자도생의 무한 경쟁 탓에 구성원들은 피폐해지며 조직문화는 병들고 파편화되고 맙니다. 그렇게 되지 않기 위해서 회사와 경영진은 인사 위원회와 같은 조직을 운영해서 일상적으로, 공식/비공식적으로 구성원들을 평가하고 또 코칭하는 기능을 수행해야 하는 것이지요. 중요한 것은 구성원들에게 '회사가 나에게 관심을 가지고 공정하게 평가하고 있다'는 믿음을 갖게 해주는 것입니다. 그러면 구성원들이 안정감을 갖게 되기 때문에 구태여 의도적으로 인사권자와 친해지려고 애쓰거나 네트워킹에 지나치게 에너지를 쓸 필요가 없어지고 일 자체에만 몰입하게 됩니다.

그러면 회사에는 생산적이고 긍정적인 기운이 돌아서 자발성과 창의성이 자연스럽게 발휘되는 조직문화가 자리 잡을 것입니다.

회사는 사람들이 모여서 일하는 곳인 만큼 일하는 과정 속에서 인간관계가 자연스럽게 형성됩니다. 회사 내에서 원만한 인간관계를 위해 노력하는 것은 당연히 해야 할 일이기도 합니다. 따라서 나의 업무에 집중하고 일을 해나가는 과정에서 기회가 주어졌을 때 인사권자가 나의 능력과 성과를 알 수 있도록 적극적으로 노력하는 것은 조직 생활에서 아주 성실한 자세입니다. 주변과의 네트워킹도 마찬가지이지요. 어떤 이유에서든 불필요하게 자신을 낮춘다거나 기회를 회피하고 나서는 회사가 나를 알아주지 않는다고 결과에 대해서 불만을 갖는 것은 결코 긍정적인 자세가 아니지요. 이러한 시니컬한 태도는 자신과 조직을 병들게 합니다.

그렇다고 단지 좋은 평가를 받기 위해서 의도적으로 인사권자를 가까이하고 친해지려는 것은 별로 권할 만한 일이 아닙니다. 왜냐하면 의도적으로 접근하고 관계를 형성하려다 보면 그 과정에서 불가피하게 사람과 일에 관련하여 과장하고 왜곡할 수 있기 때문입니다. 그리고 이는 결국에는 드러나게 되어 있습니다. 더구나 위에서 보면 아래에서는 안 보이는 것들이 잘 보입니다. 깨어 있는 인사권자라면 의도적 접근을 알아채고 경계할 것이고 그 개인은 오히려 더 어려운 지경에 놓이게 될 수 있습니다. 인사권자들을 위한 경구 중에 "교언영색巧言令色을 조심하라. 충성을 맹세하는 자를 의심하라"가 있기도 합니다.

신발의 먼지를 털어버리고

그런데 자기 나름대로는 이렇게 최선을 다했는데도 회사가 여전히 구성원 개개인의 능력과 성과보다는 친소 관계와 연줄에 따른 인사를 한다면 결국 두 가지 길이 있겠지요. 하나는 조직 내에서 다양한 방식으로 목소리를 내고 의사 표현을 하고 소통함으로써 변화를 촉구하는 것입니다. 개인적 차원에서 회사의 경영진에게 문제 제기를 하는 노력뿐 아니라 회사 내에 사원 협의체가 있다면 그런 조직을 통해서 문제의식을 가진 사람들이 함께 목소리를 낼 수 있다고 봅니다. 노동조합이 이런 변화를 만들어 내는 것이야말로 본연의 역할이 아닐까 생각합니다. 온라인과 모바일 소통의 시대에도 그러니만큼 더욱더 경영진, 노동조합, 사원 협의체의 새로운 소통 노력이 필요하다고 생각됩니다.

그럼에도 불구하고 파행적인 인사 관행이 바뀌지 않는다면 그 조직을 떠나는 것이 또 다른 답이 될 수도 있다고 생각합니다. 종교적 지혜의 예를 하나 든다면, 예수가 제자들에게 세상에 나가서 기쁜 소식을 전하라고 떠나보내는데 한 제자가 만일 어떤 동네에서 그 소식을 받아들이지 않으면 어떻게 해야 하느냐고 물으니 스승은 무슨 수를 써서라도 설득하라고 하지 않고 신발의 먼지를 털어버리고 다른 동네로 가라고 하지요. 찾아보면 세상에는 이 회사 말고도 또 많은 회사가 있습니다. 그런데 또 한 가지 기억할 것은 사람들이 모여서 일하는 곳인 한 이 세상 어디에도 파라다이스 같은 직장은 없다는 것입니다!

동료에게 시기심을 느낄 때, 사장은 왜 저 후배를 인정할까

Q 회사에서 능력 있다는 이야기를 자주 들었는데, 최근 한 후배 직원을 보며 위기감을 느낍니다. 일은 완벽하게 하지만 인간관계는 서투른 저와 달리, 후배는 일도, 인간관계도 놀라울 정도로 탁월합니다. 그 모습이 부럽다가도 이제는 두려워집니다. 그가 언젠가는 저를 밟고 올라설 것만 같습니다. 그래서 그 후배 직원이 도움을 요청할 때면 자꾸 소극적으로 대응합니다. 그런 제 모습이 너무나 못나서 괴롭습니다.

내가 그룹 인사팀장으로 일할 때 함께 일했던 후배들 여러 명이 작년 초에 승진했다는 소식을 들었습니다. 세 사람은 전무, 한 사람은 부사장이 됐고, 무엇보다 20여 년 동안 내 뒤를 따라오던 후배는 마침내 사장이 됐답니다. 인사팀 출신으로는 내가 처음으로 사장이 됐는데, 나는 내심 그게 나 하나로 끝날까 봐 조바심이 났었습니다. 그런데 후배가 사장 승진을 했다니 '아, 이제 나는 내가 할 일을 다 했구나' 싶었고, '이젠 마음 푹 놓고 그냥 잊어버리고 살아도 되겠구나' 하는 마음까지 들었습니다. 참으로 홀가분하고 행복했습니다. 그 후배들은 내가 잘 키워준 덕분이라고 감사 인사를 했지만 나는 잘해준 후배들에게 너무나 고마웠습니다.

후배 키우기, 당당함과 자부심, 공정경쟁과 지배구조

대기업에서 인사 담당 임원으로 첫발을 내디디며 느낀 것은 조직 구성원들의 이중적 정서였습니다. 그들은 대기업에 다닌다는 자부심도 있어 보였지만, 또 한편으로는 재벌 그룹에서 일하는 것에 대해 뭔가 떳떳해하지 못하는 정서도 있어 보였습니다. 나는 동료들이 자신의 삶에서 일을 통해 자부심과 보람을 갖기 바랐습니다. 내게는 시장경제에서는 기업이야말로 현실적 삶의 토대를 만들어 나가는 창조자로서 진정한 주인공이라는 소신이 있었습니다. 사회의 다른 섹터들은 그 창출된 가치를 나누어 쓰는 역할을 할 뿐이라고 생각했지요. 그런데 기업이 지속적으로 가치를 창출할 수 있기 위해서는 시장에서의 공정경쟁이 가능해야 하고 또 한편 회사 내부에서의 지배구조가 투명하고Transparency 책임성Accountability이 분명해야 한다고 생각했습니다.

LG는 재벌체제의 상호출자와 순환출자의 고리를 끊고 2003년에 국내 최초로 지주회사체제로 전환했습니다. 이에 대해서 국내외 자본시장과 투자기관들은 '소유한 만큼 지배한다', '지배권의 정당성을 확보했다'라는 평가를 내렸습니다. 회사의 일원으로서 또 조직의 리더로서 당당함을 얻을 수 있었던 계기였지요. ESG(환경, 사회, 지배구조) 경영에 대한 관심이 일어나기 오래전부터 기업 지배구조 영역은 늘 나의 관심사였습니다.

또 한편, 나는 조직 구성원들이 자부심을 갖고 떳떳하게 일하고 보람을 느낄 수 있기 위해서는 자신의 전문 분야가 어떤 것이든 전 세계 경쟁사의 누구와 비교해도 내가 더 뛰어나다는 자신감이 필요하다고 생각했습니다. 내가 맡은 분야가 인사, 조직, 노사, 교육 분야였던 만큼 나는 이 부문에서 후배들이 세계 최고의 수준이 되기를 바라면서 다양한 육성 프로그램을 도입하게 되었지요. 내부적으로는 사내 교육기관에서 전문 교육 커리큘럼을 구축해서 운영하고, 외부적으로는 이 분야의 세계 최고 대학에서 석사학위를 받도록 2년의 교육 파견 과정을 시행했습니다. 근래에 승진한 후배들은 거의가 이 과정을 밟고 현업에서 성과를 낸 이들이었습니다. 또 한편, 제도적으로도 시스템을 업그레이드했습니다. 인사, 노사, 교육을 모두 관장하는 최고 인사책임자라는 직책을 신설했습니다. 재무, 회계, 금융을 모두 관장하는 최고 재무책임자 혹은 최고 기술책임자 등과 동등한 수준으로 그 역할을 인정받고 또 대우받을 수 있도록 조직 내에서의 위상을 제고하였지요. 이러한 새로운 교육제도와 인사제도의 도입은 이 분야에서 성공하고자 하는 구성원들에게 커다란 동기부여가 되었습니다.

포기도 배워야 합니다

직장 생활을 하다 보면 후배나 동료의 성공을 맘껏 축하하기가 어려울 때가 있습니다. 경쟁에서 오는 현실적, 심리적 위협이 있기 때문일 것입니다. 후배보다도 동료들의 경우는 그 성공을 순수하게 축하하기가 더 어려울 수 있습니다. 그건 후배보다는 동료들과의 경쟁에서부터 오는 심리적 위협이 더 크게 느껴지기 때문일 것입니다.

나에게도 동료에게 불편한 마음이 든 적이 있었습니다. 나는 신입 사원이 아니라 경력직으로 40세에 회사에 첫발을 들였습니다. 대부분의 사람들은 서로가 20년 가까이 친분을 쌓은 사이라서 인간관계가 두터웠지만 나는 아웃사이더가 된 것 같은 느낌을 자주 받았습니다. 예를 들면 상사가 여름 휴가를 갈 때면 종종 같이 가는 임원이 있었습니다. 평소에는 나와 더 많은 이야기를 나누고 회사 운영에 대해서도 더 깊이 소통하는 듯했는데, 왜 휴가는 그와 갈까, 왜

나는 초대받지 못하는 것일까, 속으로 꽤나 신경이 쓰였습니다. 그런데 알고 보니 두 사람은 신입 사원 때부터 가까이 지내온 정말 형제 같은 사이였습니다. 서로가 아주 익숙하고 편한 사이였던 것이지요. 그때 나는 포기라는 걸 배웠습니다. 그렇게 오랜 시간 쌓은 인간관계는 내가 감히 넘볼 수 없는 영역이니까요. 그리고 사적 영역에서까지 친밀한 관계를 맺으려고 너무 애쓰지 않기로 마음 먹었습니다. '다 잘할 수는 없다, 내가 잘할 수 있는 것, 그것에 집중하자, 거기서 보람과 만족을 찾자' 이렇게 마음을 먹었습니다. 실제 내가 경험한 바로는 개인적인 친소 관계가 성공적인 회사 생활을 일구는 데 있어서 가장 중요한 요소는 아닙니다. 그것은 결코 능력과 성과, 인품을 대신할 수 없습니다.

또한, 나는 내가 보기엔 그리 탁월하지 않은 동료 임원이 계속 잘나간다고 생각했던 적이 있습니다. 후배가 나를 앞질러 승진하는 경우도 있었습니다. 하지만 불편했던 마음은 그리 오래가지 않았습니다. 왜냐하면 인사권자의 관점과 내 관점은 다르며 'CEO에게는 그 사람도 필요한 것이구나!'라고 인정을 했기 때문입니다. 회사에는 많은 사람이 있으며, 최고 경영자에게는 다양한 사람들이 필요합니다. 나와 다른 그와 함께 일해야 하는 것 또한 우리의 임무입니다.

동료나 후배의 성공을 마냥 축하하기가 어려운 또 다른 이유는 시기심 때문이겠지요. 이는 인간이 갖는 당연한 감정입니다. 그런데 그 시기심의 근원은 불안감이 아닐까 합니다. 내가 안전하지 않다고 느끼는 감정이지요. 그 감정을 있는 그대로 바라보고 인정하고 흘려보낼 수 있다면 좋겠지만 그게 그리 쉬운 일은 아닌 것 같습니다. 불필요한 열등감에서 자유로울 수만 있다면 인생을 정말 행복하게 살 수 있을 것도 같지만, 아, 그게 쉬운 일인가요? 그러나 시기심으로 인해서 마음이 괴롭다면 그건 해결해야 할 과제입니다. 거기서 자유로워져야 마음이 편해지고 마음이 편해져야 긍정적 에너지와 창의력이 솟아 나오는 것이니까요.

그런데 이 경우에 '내가 과연 실제로 안전하지 않은 것인가?'라는 질문을 스스로에게 해볼 필요가 있습니다. 그리고 여기에 대한 답은 자신과 주변을 객관적으로 볼 수 있을 때 찾을 수 있습니다. 나 자신과 외부적 조건을 내가 보고 싶은 대로가 아니라 있는 그대로 볼 수 있을 때 비로소 진정한 현실감을 갖추었다고 말하지요. 이를 여실지견如實知見이라고도 합니다. 이렇게 될 때 내적인 번민으로 흔들리지 않고 마음의 중심을 잡을 수 있습니다. 그러면 불필요한 에너지 소진이 줄어드는 것이지요. 일과 삶에서 리더가 되기 위해 반드시 갖추어야 할 덕목입니다.

까다롭기로 유명한 독일 음반사인 도이체 그라모폰에서 2020년 데뷔 음반을 내고 2021년 12월 모차르트 오페라 〈마술 피리〉의 주역으로 마침내 뉴욕 메트로폴리탄 오페라극장 무대에 선 30대의 세계적인 소프라노 박혜상의 라디오 인터뷰를 우연히 들은 적이 있습니다. 그는 도이체 그라모폰 데뷔 음반을 발매하기 전에 극심한 슬럼프에 빠져서 목소리가 거의 나오지 않아 노래를 제대로 하지 못했다고 합니다. 그때 한 선생님이 말했답니다. "왜 '만일 그때 내가 이렇게 했더라면 더 잘했을걸'이라는 가정법으로만 말하니? 그냥 아이 엠I am이라는 현재형으로 그 자리를 채워봐." 그가 당황해서 눈물을 글썽거리는데 그 선생님이 이렇게 덧붙였답니다. "그다음 말은 이너프Enough야. 아이 엠 이

너프I am enough!" 예, "나는 나 자신으로 충분해!"라는 말이지요. 그 순간 그는 '아, 그동안 나는 다른 사람들에게 더 잘 보여야 한다는 강박에 사로잡혀서 나 자신을 잃어버렸구나'라는 깨달음을 얻었다고 합니다. 그리고 '나다움'을 표현함으로써 성악가로서의 자신의 길을 찾았다는 아주 감동스러운 이야기였지요. 자기 존재에 대한 긍정과 나다움에 대한 자신감은 이처럼 불필요한 불안감과 시기심을 날려 보낼 수 있게 해줄 뿐 아니라 자신의 분야에서 세계적인 위치에까지도 갈 수 있게 해줍니다.

자녀가 이기적이듯 후배도 그렇지만

아이 셋을 낳아 키우면서 실감했지만 자녀들은 원래 이기적인 속성을 갖습니다. 그런데 나는 후배들이 내 자녀들과 다를 바 없다고 생각합니다. 가만히 돌이켜 보면 나도 부모와의 관계에서 이기적이었지요. 어쩌면 다음 세대로서 더 크고 나은 세상을 만들어 가기 위해서는 그런 이기심이 반드시 필요한 것일 수도 있습니다. 그래서 후배들을 따스하게 품으면서도 강하게 조련하는 것은 선배로서의 의무입니다. 후배가 이기적으로 행동할 수도 있다는 것을 알고 상처받지 않는 것 또한 선배의 책무입니다. 자녀가 이기적이라고 해서 그 자녀를 사랑하지 않는 부모가 없듯이 말입니다. 즉, '그럼에도 불구하고' 사랑하는 것이지요. 자녀나 후배나 똑같습니다.

은퇴를 앞두고 어느 날 문득 나는 그동안 국내외에서 임직원들을 대상으로는 많은 강의를 했지만 막상 가까이에서 일하는 내 후배들에게는 제대로 강의를 해준 적이 없었다는 생각이 들었습니다. 일을 통해 대화와 토론은 많이 했지만 이들을 대상으로 공식적인 강의를 한 적은 없었던 것이지요. 그래서 은퇴하는 마지막 해에 10회에 걸쳐 사내 후배들에게 강연을 했습니다. 그동안 내가 배우고 생각하고 실천하면서 얻은 모든 것들을 후배들에게 다 주고 떠나자는 마음이었습니다.

강연을 마치고 구내식당에서 점심을 먹는데 한 후배가 물었습니다. "원장님께 저희는 무엇인가요?" 그 질문을 듣는 순간 나는 잠시의 망설임도 없이 답했습니다. "자네들은 내 기쁨의 원천이고 보람의 근거일세!" 예, 그랬습니다. 나는 나 혼자만의 힘으로 성과를 내고 인정을 받아온 것이 아니었습니다. 동료들의 협조로, 무엇보다도 후배들의 헌신으로 여기까지 온 것입니다. 그것은 얼마나 고맙고 감사한 일인지요! 그리고 그들이 성장해 가는 모습을 보는 것은 또 내게 얼마나 큰 즐거움이었는지요!

탁월한 후배를 만나면 그 후배가 신경 쓰이고 때로는 시기심이 생길 수도 있습니다. 하지만 우리의 삶에서 보람이, 행복이 어디에서 생겨나는지 생각해 보면, 그 후배를 만난 것은 행운일 수 있습니다.

"자네는 내 기쁨의 원천이고 보람의 근거일세!"

번아웃이 걱정될 때,
에너지가 무한정인 사람은
아무도 없습니다

Q 회사 생활 20년 차입니다. 밤낮없이 일하다 보니 일중독이라

는 이야기도 곧잘 듣습니다. 최근에는 아침에 일어나기 힘들고

일할 때 집중력이 떨어지는 경험을 합니다. 번아웃이 아닌가 싶

은데, 함께 일하던 동료 몇몇이 큰 병까지 걸려 더욱 불안해졌습

니다. 이제는 일중독에서 벗어나고 싶습니다.

미국 생활 15년을 정리하고 귀국해 1995년 1월 3일 첫 출근을 했습니다. 새벽같이 출근해서 대개는 저녁 늦게 귀가하는 대기업 임원으로서의 회사 생활이 시작된 것이었지요. 주5일 근무는 엄두도 내지 못하던 때라 토요일도 평일과 다름없이 출근했다가 점심 식사 후에나 퇴근이 가능했습니다. 갑자기 생활 방식이 완전히 바뀐 셈이었는데 이에 적응하는 것이 보통 힘든 게 아니었습니다. 꽉 짜인 일정 속에서 생존해야 한다는 강박에 나도 힘들었지만 어느 날 갑자기 사라진 것 같은 아빠를 그리워하는 아이들도 울며 지내야 했지요.

미국에서 대학원생, 교수로 살 때에는 아이들을 유치원, 학교에 데려다주고 축구나 소프트볼 연습에도 데리고 다녔습니다. 여름방학 때는 작은 차에 아이들을 태우고 미국의 여러 국립공원을 다니면서 텐트를 치고 캠핑도 많이 했지요. 돌이켜 보면 미국 생활 15년은 대체로 절반은 공부와 일하는 데 할애했고 나머지는 가족들과의 생활, 그리고 일부는 성당과 기타 활동 등에 쓰는 아주 단순한 생활이었습니다. 한창 일하고 아이들을 키워야 하는 나이였기에 무척 바빴지만, 하루가 다르게 자라는 아이들의 성장을 곁에서 똑똑히 볼 수 있었고, 그래서 나름대로는 뿌듯하고 즐거웠던 기억으로 남아 있습니다. 공부하고 일하는 절대 시간이 길었음에도 내가 가족들과 일상을 보내는 시간을 주체적으로 조절할 수 있었기에 가능했던 일이었습니다.

그러나 한국 대기업의 일정은 아침부터 밤까지 빼곡히 차 있어 가족들과 함께할 틈을 낼 수 없었습니다. 나는 하루 쉬는 일요일만이라도 아이들과 성당에 가고 점심을 먹는 오랜 전통을 유지해 보려고 애썼습니다. 하지만 예전과는 너무도 다른 생활이 이어졌지요. 나만의 시간은 꿈도 꾸지 못했습니다. 그런데 어느 날 가까이 지내던 이모님께서 걱정스레 말씀하셨습니다. "자네도 좀 쉬어야 할 텐데…" 그 말씀에 나는 갸웃했습니다. 나 혼자 쉬는 건 사치라고만 생각했거든요. 그것이 나 자신과 가족들을 위해서 얼마나 중요한 것인가는 나중에야 깨달았습니다.

일의 효율성을 높이는 방법

우리가 지닌 에너지는 한정돼 있기에 여기저기로 분산하면 낭비가 생기고 막상 써야 할 곳에 쓰지 못하게 됩니다. 따라서 일이 많고 생각이 복잡할수록 일상의 리듬은 단순화해야 한다는 게 내 생각입니다. 나는 지속 가능한 회사 생활을 위한 '나만의 원칙'을 세웠습니다.

첫째, 회식을 하더라도 2차는 가지 않는다. 내 주변에는 직원들과 친밀감을 높이려고 2차 노래방에서 부를 노래를 열심히 배우는 임원들도 있었지만, 나는 그 부분을 포기했습니다. 당시 유행하던 노래들을 잘 모르기도 했거니와 무엇보다도 체력이 받쳐주질 않았습니다. 그 대신 근무 시간에 직원들과 눈 맞춤을 실천하고 마음을 다하며 가까워지고자 했습니다.

둘째, 밤 10시를 스스로 통금시간으로 정했습니다. 어려서부터 잠을 충분히 자야 하는 체질이었던 나는 다음 날 아침 머리가 맑아지도록 11시 전에는 잠자리에 들었습니다. 가까운 지인과의 저녁 식사 자리라도 양해를 구하고 일찍 일어났습니다.

셋째, 조찬 강연 모임을 가지 않았습니다. 처음 몇 번은 분위기에 휩쓸려 참석했지만 네트워킹이 주된 목적이라는 걸 알고 나서는 갈 필요성을 느끼지 못했습니다. 실제로, 배우고 싶은 영역이 생기면 따로 전문가를 찾아가서 만나는 게 더 효과적이더군요. 나로서는 조찬 모임을 갈 시간에 홀로 명상하거나 집 근처 산을 오르는 게 훨씬 도움이 됐습니다. 일이 많고 생각이 복잡할수록 일상의 리듬을 단순하게 유지하려고 노력했습니다.

일이 많다고 해서 무작정 일하는 시간을 늘리는 것은 상책이 아닙니다. 양보다 질로 승부해야 합니다. 선진국에 진출해서 현지법인을 운영할 때 생기는 공통적인 문제 중 하나가 한국에서 파견된 직원들과 현지에서 채용된 직원들의 근무 형태가 아주 다르다는 점이었습니다. 한국 직원들은 밤 늦게까지 일하는 반면 현지 직원들은 칼퇴근을 하는 것이었지요. 그러다 보니 본사와 커뮤니케이션이 필요하고 시차가 있어서 늦은 시간까지 일해야 할 때, 그 일은 자연스럽게 한국 직원의 몫이 돼버렸습니다.

인화원장 시절 어느 여름에 스웨덴에 출장을 갔습니다. 현지 직원들은 오전 9시에 출근해 오후 3시면 퇴근하더군요. 현지법인 관리 담당자에게 그렇게 근무 시간이 짧은데 운영이 되냐고 물었습니다. 그는 스웨덴 법 때문에 어쩔 수 없다고 답하면서, 그런데 현지 직원들은 출근하면 그 시간부터 정말 100% 일에 몰입한다고 말했습니다. 예를 들면 신문을 본다거나 인터넷 서핑을 한다거나 하는 일이 전혀 없다는 것이었지요. 그러고는 한마디 더 덧붙였습니다. "만일 이 사람들이 우리같이 오래 일하면 한국 회사는 스웨덴 회사와 절대 경쟁할 수 없습니다. 차라리 지금같이 덜 일하는 게 우리한테는 기회입니다!" 우리가 무엇을 목표로 해야 할지를 가르쳐 주는 말입니다.

사실 노동 생산성이라는 것은 투입된 노동의 양과 질에 의해서만 결정되는 것이 아니라 그 일을 하기 위해서 사용되는 기술과 자본, 그리고 기업문화에 의해서도 영향을 받습니다. 노동시간을 줄이더라도 일하는 방식을 개선하고 일에 대한 몰입도와 집중도를 높임으로써 생산성을 제고할 수 있는 것이지요.

나는 1995년에 회사 생활을 시작하면서부터 토요일 오전 근무의 유용성에 커다란 의심을 품었습니다. 당시의 이러한 근로 관행은 그 이전 고도 성장기의 저임금 장시간 노동에서 온 것이었지요. 그런데 경제 상황이 나아지고 생활여건이 좋아졌음에도 민간기업이나 공공기관들 모두 그 오래된 관행을 바꾸려 하지 않았습니다.

내가 2000년에 그룹의 인사팀장으로 발령을 받고 처음 시도한 프로젝트가 '주5일 근무제'였습니다. 토요일 4시간 근무를 주중 근무 연장으로 바꿈으로써 조직 구성원들의 삶의 질을 높이고 회사의 생산성을 유지 내지 제고하자는 소위 윈윈 전략이었습니다. 회사 내부에서는 특히 고위직 경영자들의 반대가 심했습니다. 일하는 분위기를 해친다는 것이었지요. 그래서 회사 내에서는 현장직, 사무직 전체를 대상으로 광범위한 설문조사를 했고 외부로는 여러 경영자 단체들 및 정부기관들과 많은 협의를 거쳤습니다. 그리고 오랜 내부 토론 끝에 그해 9월, 국내 기업으로서는 최초로 주5일 근무제를 시행했습니다. 법정 근로시간 단축의 법제화 이전에 기업이 스스로 주도하여 실효성 없는 토요일 반일 근무를 없애고 노동의 지속 가능성을 높인 일이었습니다. 우리나라도 더 이상 장시간 근로가 중요한 것이 아니라 노동의 집중도, 몰입도, 즉 질로써 승부해야 합니다. 노동의 지속 가능성을 제고하지 않고는 기업의 지속 가능성도 확보할 수 없습니다.

타인의 인정과는 다른 충만감을

소위 일중독자에 대해서 회사는 걱정을 해주는 듯하면서도 은근히 치켜세우기도 합니다. 이는 위험한 발상입니다. 심지어 고성과자의 경우 심리테스트 결과에서 자신의 스트레스 수준이 동료들보다 낮다고 진단받으면 안심하기는커녕 내가 혹시 일을 덜 하는 것이 아닌가 하는 강박적 우려를 하기도 합니다. 일중독자는 일을 통한 성취와 그에 대한 회사와 사회의 인정에 매우 민감할 수 있습니다. 타인의 인정을 지나치게 추구하게 되면서 다른 방식의 내적 충만감과 심리적 이완을 경험하지 못하는 것이지요. 그래서 이들은 높은 수준의 긴장과 만성적 스트레스에 갇혀 있기 쉽습니다.

근자에 독보적으로 '적정심리학'을 제창한 정신과 의사 정혜신 박사는 강연 때 종종 '공적 자아'와 '사적 자아'에 관한 이야기를 합니다. 공적 자아는 사회적 역할, 일을 통한 성취와 인정으로 성장하는 반면, 사적 자아는 가까운 사람들과의 개별적 관계 속에서 성장한다고 합니다. 이렇게 볼 때, 일중독자는 공적 자아는 발달해 있지만 사적 자아는 미발육 상태에 머문 경우가 많다고 볼 수 있습니다. 사적 자아는 외부적 성취와 인정이 아니라 곁에 있는 사람과의 친밀한 관계 속에서 성장하기 때문입니다. 이는 내가 있는 그대로의 존재, 그 자체로서 사랑받고 있다는 느낌과 따스히 받아들여지고 인정받는다는 체험에서 시작됩니다. 즉, 이러한 자기 자신을 확인하고 만남으로써 사적 자아는 성장하고 풍성해지는 것이지요. 모든 에너지를 공적 자아의 실현에 쏟아부어 많은 사회적 성취를 이루었다 하더라도 간혹 실패의 순간이 오기도 하는 법입니다. 이럴 때 오랫동안 지속된 높은 수준의 긴장과 극단적인 스트레스하에서 충분히 성장하지 못한 사적 자아는, 쓰러진 공적 자아를 도와 일으켜 세우지 못합니다. 자아의 한 영역에서 불이 났는데 끌어

올릴 물이 없어 불을 끄지 못하는 위험한 상황이지요. 에너지를 소진한 번아웃 상태가 되거나 큰 병에 걸릴 수도 있습니다.

일과 삶의 지속 가능성을 확보하려면 공적 자아의 성장과 더불어 반드시 사적 자아를 키워야 합니다. 그러기 위해서는 나만의 시간을 갖는 것도 또한 매우 중요합니다. 하지만 회사 생활을 하다 보면 혼자 있을 수 있는 시간이 별로 없습니다. 배우자와 자녀들이 있는 경우는 특히 그렇지요. 물론 가족들과 단란한 시간을 보내는 것도 중요하지만 혼자서 자신의 사적 자아를 계발하기 위한 시간을 가지는 것도 반드시 필요한 부분이라고 생각합니다.

그래서 나는 인화원장으로 일할 때, '자기성찰 여행'을 기획했습니다. 프로그램 이름이 말하듯이 스스로를 돌아보고 홀로 있을 수 있는 시간을 회사가 공식적으로 지원한 것입니다. 지방의 산사 등 평소 가고 싶었던 곳들을 3박 4일 혼자 여행할 계획을 내면 교통비, 숙박비를 지원해 주었습니다. 인화원 시설 점검을 위한 연말의 셧다운 기간을 활용한 것이지요. 제1순위 대상자는 배우자와 자녀가 있는 남녀 직원이었습니다. 어떻게 보면, 배우자에게 감히(!) 혼자 여행 가겠다고 말할 수 있는 구실을 만들어 준 것이기도 했습니다. '회사 의무사항이라서 가지 않으면 회사에서 승진을 못한다'고 말할 수 있도록 한 것이지요. 그렇게 해서라도 자기 책임하에, 자신만의 시간을 가질 수 있도록 해주었습니다. 첫해 신청자는 남성 부장 한 명밖에 없었습니다. 그런데 다녀온 다음에 그가 주변에 참 좋은 시간이었다고 말한 덕에 그다음 해부터는 신청자가 대폭 늘기 시작했고 차차 기혼 여성 직원들도 참여하기 시작했습니다.

개인마다 회사마다 경우도 다르고 형편도 다릅니다. 그러나 주어진 조건하에서 다양한 시도는 해볼 수 있습니다. 나는 워라밸Work Life Balance(일과 삶의 균형)이라는 용어를 썩 좋아하지 않습니다. 일과 삶은 배타적으로 다른 영역이 아니기 때문입니다. 일은 삶의 일부, 다시 말해 부분집합이니까요. 그렇기에 일이 빠진 삶이란 공허할 수밖에 없습니다. 반대로 부분집합으로서의 일 때문에 삶이 망가져서도 안 되겠지요. 이제부터는 일이 나의 삶을 더 풍요롭게 만들 수 있도록 '나만의 원칙'을 정해봅시다.

구성원들이 자꾸 아픈 건
조직이 건강하지 않다는 신호

Q 새 회사로 옮긴 지 3년이 지나지 않았는데, 요즘 몸이 아픕니다. 컴퓨터를 많이 쓰는 사무직이다 보니 어깨가 빠질 듯이 아픈데 날이 갈수록 심해집니다. 팔을 들 수 없을 정도인데 침도, 주사도 효과가 없습니다. 몇 달 쉬면 좀 나아질 것 같은데 도저히 휴가를 내겠다는 말을 못 하겠습니다. 속사정을 털어놓을 만큼 가까운 동료도 주변에 없습니다. 매일매일 무너지는 몸을 지켜보며 두려운 마음만 커집니다.

회사 생활을 하면서 가장 두려웠던 것이 병에 걸리는 것이었습니다. 경력직으로 회사에 들어간 탓에 병치레도 능력부족으로 여겨질까 봐 노심초사했습니다. 무능한 사람, 무책임한 사람이라고 손가락질하지 않을까 나도 두려웠습니다. 하루 이틀 아프다 낫는 감기 정도야 문제가 되지 않지만, 이렇게 일하다가 어느 날 쓰러져서 못 일어나면 아이들 셋은 어쩌나, 대학은 어떻게 보내나 하는 불안감이 몰려왔습니다. 그래서 생전 처음 생명보험이라는 걸 들었습니다. 만일 내게 큰일이 생기더라도 자식들은 공부할 수 있도록 안전망을 마련해 주려던 생각이었지요.

과잉 긍정성의 성과 주체인 나를 돌보기

회사란 여럿이 모여 함께 일함으로써 공동의 성과를 창출해 내는 곳인 만큼 그 과정에서 늘 평가받고 있다는 의식이 생길 수밖에 없습니다. 성과 창출이 강박이 되는 상황에 관해서, 한병철 교수는 『피로사회』에서 이렇게 말합니다. "이 시대의 개인은 누가 강제해서가 아니라 스스로를 성과 주체화하여 자신을 채찍질함으로써 그 자신이 소진되고 마모된다." 즉, '할 수 있다', '해야 한다'는 과잉 긍정성이 우울증 환자와 낙오자를 낳는다는 것이지요. 일중독증 Workaholic 이라는 것도 끊임없는 성과 강박에서 옵니다. 일을 통한 성취와 인정에서만 자신의 존재 이유를 확인할 수 있으니까요.

나도 예외가 아니었습니다. 인사 담당 임원으로 일할 때 스트레스는 평소엔 3만 볼트, 가을이 되면 5만 볼트까지 올랐다가 연말이 되면 10만 볼트까지 치솟았습니다. 그즈음에는 몸이 휘지고 혈압이 올라가서 매년 한 차례 늦은 오후에 병원에 가서 입원하고 밤새 체액을 맞고 버텼습니다. 그 사실을 누구에게도 알리지 않으려고 아침에 옷만 갈아입고 아무런 일도 없었다는 듯이 출근하곤 했습니다.

지금 생각해 보면 어리석은 일이었습니다. 그렇게 과로하면서 몸이 주는 신호를 오랫동안 무시하게 되면 우리 몸은 임계점을 넘어서고 그 순간 무너져 내립니다. 요즈음 많은 직장인들이 그러하듯, 하루 종일 컴퓨터 앞에서 작업하고 새벽까지 야근하면서 세끼 식사는 대충 때우고 정기적인 운동도 하지 않으면 그 누구도 버텨낼 수가 없습니다.

어려서부터 들어온 이야기이지만, 규칙적인 일과 휴식, 집밥과 같은 건강한 음식, 충분한 수면, 그리고 정기적인 운동보다 삶에서 중요한 것은 없습니다. 가능한 한 자신의 몸과 마음이 보내는 신호에 자주 귀 기울여야 합니다. 조금씩이라도 자신을 돌보는 무엇인가를 해야 합니다. 자주, 조금씩이 좋습니다. 미뤘다가 한꺼번에 해결하려면 대개는 늦습니다. 그런 경우는 더 많은 자원과 시간이 필요하면서도 효과는 그리 나지 않습니다.

자신의 몸과 마음의 취약점을 잘 파악해 적절하게 대응하는 것도 중요합니다. 앞서도 잠시 언급했지만 나는 어려서부터 남들보다 많은 수면 시간이 필요했습니다. 하루에 최소한 7~8시간은 자야 했습니다. 2~3시간씩만 자면서 많은 양의 일을 하는 사람이 부럽기도 했지만 나는 그게 불가능하다는 것을 받아들였습니다. 충분한 수면 시간을 확보하지 못하면 낮 시간에 생산성이 훨씬 떨어지는 것을 무수히 경험했기 때문입니다. 유일한 방법은 일찍 자고 일찍 일어나는 것이었습니다. 그래서 일과 후 저녁 일정을 단순화했습니다. 손해 보는 인간관계는 어쩔 수 없는 일이었지요. 또한 나는 체질적으로 알코올 분해 효소가 부족합니다. 술을 좋아하지만 과음을 하게 되면 부작용이 커서 남들보다 적게 마시고 특히 낮 시간에는 금주를 원칙으로 했습니다. 나는 술이 약한 사람이라는 사실을 만천하에 공개하면서 말이지요.

리더는 구성원을 돌보는 사람

구성원이 아플 때까지 밀어붙이는 조직은 문제가 있습니다. 아픈 조직이기에 아픈 개인을 만들어 내는 것입니다. 그런 조직은 건강 검진, 조직 진단을 받아볼 필요가 있습니다. 더불어 "조직은 돌보지 않으나 개인은 돌본다"라는 말이 있습니다. 주로 전략, 구조, 시스템으로 움직이는 회사에서 목적성, 프로세스, 사람 요소가 제대로 작동해야 한다는 의미이고, 무엇보다 리더의 역할이 중요하다는 뜻입니다. 리더는 돌봐야Care 합니다. 조직이 건강하지 못하다면, 구성원이 아프다면, 그걸 고칠 방안을 마련하는 것이야말로 리더의 최우선적 역할입니다.

거의 10여 년 전 일입니다만, LG인화원 사장으로 일할 때 한 여성 관리자가 사표를 내려 한다는 이야기를 들었습니다. 아주 유능하고 성실한 구성원으로 인정받던 직원이기에 이유를 물었습니다. 결혼한 지 10년이 넘었는데 아기가 생기지 않아 몇 차례 시험관 아기 시술도 받았는데 실패했다고 했습니다. 산부인과 의사가 퇴직하고 스트레스 없이 편하게 지내면서 마지막으로 시술을 시도해 보자고 권했다는 것입니다. 당시 회사 규정으로는 아파도 한 달간의 병가만 낼 수 있었습니다. 임신을 하게 되면 산전, 산후 휴가가 생기지만 임신 자체를 위해서는 퇴직 외에는 다른 길이 없었습니다. 나는 인사 위원회를 열어 그 직원에 대한 과거의 모든 평가 자료를 검토했습니다. 놓치기 아까운 인재라는 결론에 이르렀습니다.

결국 나는 최고 경영자로서 새로운 휴직 제도를 제안했습니다. '난임 휴직'이라는 용어가 없었던 때였기에 그 표현을 쓰지는 않았지만 요즘 많은 회사가 도입하는 바로 그 난임 휴직이었습니다. "1년간 무급휴직을 허락하고 그 기간의 4대 보험은 회사에서 책임진다. 1년 후 복귀 여부는 본인이 선택하며, 복귀할 때는 원직 복귀를 원칙으로 한다"라는 규정을 정했습니다. 인사 위원회에서 새로운 제도를 승인하고 그 직원은 휴가에 들어갔습니다. 그리고 10개월이 지났을 때 임신에 성공했다는 소식을 들었습니다. 당사자는 물론 회사 내의 분위기가 아주 좋아진 것을 느낄 수 있었습니다. 조직 구성원들이 '아, 회사가 개인을 챙기는구나!'라는 걸 실감했기 때문입니다. 그 직원은 출산휴가까지 잘 마치고 회사로 돌아와 자신의 역할을 훌륭히 해냈습니다.

요즘 남성 육아휴직도 비슷합니다. 과거에는 남성 육아휴직을 상상하지도 못하는 것으로 생각했지만 이제는 더욱 활성화돼야 합니다. 그렇게 되면 여성의 육아휴직에 따른 불이익과 사내 차별이 크게 줄어들 것입니다. 남성과 여성 모두 육아휴직을 보장한다고 회사가 방침을 정하면, 회사가 남성을 우대해 뽑을 이유가 줄어듭니다. 그리고 이런 제도가 확산되면 우리나라의 저출산 문제를 해결하는 데도 도움이 될 것입니다.

나는 경력 입사를 한 셈입니다만 회사 안에서 오랫동안 알고 지내온 사람이 없으니 아쉽고 어려울 때가 많았습니다. 예를 들어 몸이 아파도 주변에 털어놓고 상의하기가 쉽지 않았지요. 그런데 그건 본인이 너무 앞서 걱정하는 것일 수도 있습니다. 조직은 유능한 인재를 잃지 않기 위해서 우리가 예상하지 못한 수준으로 포용적인 모습을 보이기도 합니다. 따라서 지레 겁먹고 속앓이만 하지 말고 오히려 회사에 상황을 말해보는 것도 방법입니다. 만일 회사가 이를 수용하지 않으면 그 조직은 인재를 보유할 능력이 부족한 곳입니다.

내가 일할 때 그룹 전체 차원의 인사 원칙이 몇 가지 있었는데 그중의 하나가 "계획적이고 의도적으로 인재를 육성한다"였습니다. 주니어 때부터 전문성과 경영 능력을 인정받아 해외 유학까지 다녀오고 현업에서 업무 경험도 다양하게 쌓던 한 임원이 있었습니다. 그런데 부사장이 되면서 몸에 이상 신호가 왔습니다. 병원 치료도 받았지만 쉽게 나아지지 않았습니다. 그의 상태는 사직까지 결심할 정도로 심각했습니다. 그러나 그룹 차원에서 육성한 인재를 쉽게 포기할 수 없다는 것이 당시 회장의 철학이었습니다. 자유로운 업무가 가능한 보직을 만들고 그가 그 일을 맡도록 함으로써 사실상 쉴 수 있도록 배려했습니다. 1년여의 시간이 지나자 그는 심신의 건강을 회복해서 현업에 복귀했고 몇 년 후에는 한 계열사의 최고 경영자가 됐습니다. 회사가 개인을 기다려 주었기에 탁월한 인재를 놓치지 않았던 것입니다.

생명보험을 들고 과로사를 각오하면서 일하던 시대는 지났습니다. 미국과 유럽에서는 이미 주 4일제를 도입하는 조직들이 늘어나고 안식월도 점차 보편화되는 추세입니다. 이러한 흐름을 언제까지 외면할 수만은 없습니다. 일은 삶의 일부입니다. 삶에는 기쁨과 고통이 함께 있으니 일에서도 또한 그럴 것입니다. 하지만 그것은 건강한 고통이어야 합니다. 건강한 조직이 건강한 개인을 만들고, 또 건강한 개인이 건강한 조직을 만듭니다.

회사에는 방향성을 보는
노련한 조연도 필요합니다

Q 정년퇴직을 8년 앞두고 있습니다. 직장 생활을 30년 가까이 만족하며 해왔고, 몇몇 중책도 맡았습니다. 하지만 이제는 승진할 가능성이 없는 데다 정보기술에 능하지 않아 일 처리 속도도 느립니다. 후배들이 우스갯소리로 선배들을 '점오(0.5) 직장인'(일을 1인분이 아니라 0.5인분만 한다는 의미)이라고 부르는데 상처를 받습니다. 열심히 달려왔는데, 이렇게 정년만 기다려야 하나 참으로 헛헛합니다.

내가 LG 그룹 인사팀장으로 일하던 부사장 시절이었습니다. 매년 연말, 사장을 지내거나 부회장까지 지낸 분들이 퇴임하게 되면 인사팀장인 나는 그분들을 찾아뵙고 퇴임 관련 실무 사항들을 상의드리곤 했습니다. "그간 참 수고가 많으셨습니다. 고생하셨습니다. 이제 좀 여유롭게 지내실 수 있으니 축하드립니다." 그런데 이런 인사를 건네면 그분들은 거의 예외 없이 아쉬워하고 서운해하기까지 했습니다. 참 이상하다고 생각했습니다. '아니 저 연세까지, 저 지위까지 성취하신 분이신데 왜 그러실까?'

곰곰이 생각해 보니 그분들은 아직 능력이 있는데 회사에서 밀려난다고 생각하는 것 같았습니다. 그래서 나는 '내 은퇴는 내가 정해야겠다'라는 생각을 하기 시작했습니다. 일단 회사에서 정한 정년 기준이 있으니 그때가 다가오면 사전에 내가 먼저 회사에 내 의사를 알려야겠다. 즉, '나는 은퇴할 준비가 되었으니 그리 아십시오'라고. 혹시나 연임되는 것은 아닐까 하는 기대 속에서 전전긍긍하면서 퇴임을 수동적으로 기다리는 것이 아니라 '내가 때를 정하고 그때까지 내가 할 수 있는 것을 다 한다, 그리고 미련 없이 떠나겠다'라고 생각한 것이지요.

주연에서 조연으로, 내 역할은 내가 정한다

그룹 인사팀장으로 부사장을 8년간 하고 사장 승진을 했습니다. 그러고는 지주회사를 떠나서 그룹 차원의 연수원인 인화원장으로 부임했습니다. 사장 승진까지 했으니 정말 기쁘고 감사한 일이었지만 한편으로 묘한 느낌을 받았습니다. 그룹 인사팀장 때 나는 직급이 부사장이었음에도 업무상 필요하면 각 계열사의 사장, 부회장들을 아무 때나 가서 만날 수 있었고 또 그들은 내가 하는 말에는 늘 귀 기울였습니다. 그런데 막상 사장으로 승진을 했는데도 인화원으로 간 후에는 뭔가 전과 같지 않다는 느낌을 갖게 된 것이지요. 한동안을 갸우뚱거리다가 문득, 인사팀장 때 나 자신은 인식하지 못했지만, 당시에 사람들이 나를 지주회사의 파워 포지션에 있는 사람으로 여겼다는 것을 깨닫게 되었습니다. 그러면서 '나를 대하는 사람들의 태도는 나라는 한 인간 그 자체에 대한 것이었다기보다는 내가 맡았던 일, 그 자리 때문이었겠구나'라는 생각을 하게 되었습니다. 그리고 '나 자신과 내가 맡은 자리를 혼동하면 안 되겠구나'라고 생각하게 되었습니다.

약간 의기소침하게 지내면서 어떻게 일할 것인가 고민했습니다. 그러던 어느 날 갑자기 이런 생각이 떠올랐습니다. '아, 인화원장으로서의 나의 새로운 미션은 사업을 맡은 다른 사장들이 성공하도록 도와주는 것이구나! 우선 그 생각을 마음에 품고 가슴에서 더욱 키우면 그들에게도 그 기운이 전달될 것이다. 그러면 그들은 더 이상 나를 경계하고 경쟁해야 할 존재가 아니라 마음 편하게 도움받을 수 있는 사람이라고 여기게 될 것이다.' 이런 깨달음이 오자 갑자기 눈앞이 환해지면서 온몸에서 에너지가 차오르는 것이 느껴졌습니다. 그러자 의욕도 넘치고 온갖 아이디어도 떠올랐습니다. 주연에서 조연으로 나의 역할을 다시 정하고 나니 할 수 있는 일들, 해야 할 일들이 엄청나게 많이 보이기 시작했습니다.

나는 각 사의 CEO를 비롯한 사업 책임자들이 지속적으로 사업 성과를 낼 수 있도록, 그리고 그들이 맡은 조직이 활력이 넘치고 인재들이 클 수 있도록, 인화원 교육의 프레임과 모델 그리고 콘텐츠를 새로운 방식으로 만들어 나갔습니다. 교육을 위한 교육이 아니라 사업 성공에 기여하는 교육, 당장 써먹기 위한 기능 교육이 아니라 깊이 생각하고 성찰하여 자신과 일의 의미를 깨달을 수 있도록 도와주는 교육으로 만들어 나갔습니다. 그러면서 동시에 인화원 조직 구성원들의 생각, 지식, 방법론도 새로이 연마하도록 내부 육성에 힘을 기울였습니다. 그러자 이들은 단순한 기업 교육 전문가가 아니라 사업 책임자들의 비즈니스 파트너로 성장해 나갔습니다.

어느 날 계열사 사업본부장 한 분이 내게 이렇게 말하더군요. "전에는 인화원 직원이 인터뷰 와서는 '저희가 어떤 교육을 해드리면 좋겠습니까?'라고 질문했는데, 최근에는 '지금 사업적으로 가장 이슈가 되는 사항들은 어떤 것들입니까?'라고 질문합니다." 나는 "아, 그래요?" 하고 별로 대수롭지 않다는 듯이 대답했지만 속으로는 '아, 이제 제대로 되어가는구나' 하고 생각했습니다.

보직이 바뀌었을 때, 뭔가 밀려난다는 생각이 들 때,

자기 자신과 조직을 다시 한번 깊게 들여다보면 좋을 것 같습니다. 자기 스스로 자신의 미션을 새로이 찾아 맡은 일을 새롭게 정의할 수 있다면, 어쩌면 조직이 기대하지 못한 나만이 할 수 있는 성과를 만들어 낼 수도 있습니다. 물론 쉬운 일은 아닙니다. 예를 들어서 30년 가까이 일해온 직장에서 현실적으로 임원 승진은 어렵고 후배들에게는 '0.5 직장인'이라는 취급을 당하면서 몇 년 뒤 다가올 정년을 기다리는 회사 생활은 참 힘들지요. 특히 한국 사회에서는 축적된 경험이나 경륜보다는 속도를 중시하기에 나이 든 직장인들이 설 자리가 많지 않은 게 사실입니다. 선배의 고충을 좀 알아주었으면 좋겠는데 단지 게으르다고 눈총 주는 후배들이 참 야속합니다.

그런데 따지고 보면 나 자신도 젊었을 때는 선배들에게 그런 자세를 취했던 것 같습니다. 또 나는 가정에서 자식을 키우면서 '부모는 이렇게 헌신적인데 자식이란 참 이기적이구나' 하고 생각했었습니다. 그런데 돌이켜 보니 나 역시 나의 부모님께 참 이기적이었다는 것을 알게 되었습니다. 그래서 '아, 내 자식이 특별히 이기적인 것이 아니라 자식이란 원래 이기적이구나' 하는 것을 깨달았습니다. 원래가 그런 것이니 서운할 것도 없는 것이지요. 그런 점에서 후배들과 자식은 비슷한 것 같다고 다시금 생각합니다.

속도보다 방향성이 더 중요합니다

회사에서 입사 동기들이 모두가 임원이 되고 모두가 사장이 될 수 있는 건 아니니 당연히 나이 든 고참 사원, 고참 부장은 있게 마련입니다. 이들의 역할은 무엇일까요? 그냥 '0.5 직장인'일 뿐일까요?

　나도 40세에 대학에서 회사로 처음 왔을 때는 컴퓨터 활용 면에서 그 누구보다도 뛰어났었지요. 그러나 시간이 갈수록 정보통신기술(ICT)을 다루는 기술이 젊은 세대에게 뒤처지기 시작했습니다. 그런데 실은 이건 아주 자연스러운 일입니다. 나이를 먹으면서 스피드가 떨어지는 것은 당연한 일입니다. 그런데 조직에는 스피드만 필요한 것은 아닙니다. 실은 스피드보다 방향성이 더 중요합니다. 스피드는 겉으로 보이지만 방향성은 깊이 들여다보지 않으면 잘 보이지 않기 때문에 더욱 중요한 것입니다. 예컨대 엄청난 스피드로 그러나 엉뚱한 방향으로 달려가면 나중에 수정하는 것이 더욱 어려워지지요.

나이를 먹는다고 무능해지는 것은 아닙니다. 마찬가지로 좀 느려졌다고 해서 게을러진 것은 아닙니다. 많은 경험을 하면서 젊었을 때보다 종합적인 판단력은 커졌을 것입니다. 속도만이 아니라 방향성을 보는 안목이 생긴 것입니다.

영화 〈인턴〉에서 성공적인 젊은 여성 CEO 앤 해서웨이와 은퇴 후 그 밑에서 시니어 인턴으로 일하는 로버트 드 니로의 상호보완 역할이 생각납니다. 줄스(앤 해서웨이 역)는 자신이 창업한 쇼핑몰 회사를 새로운 아이디어와 엄청난 열정으로 급속성장시킵니다. 아주 스마트하고 스피디하지만 젊은 나이라서 일 중심적이고 저돌적이기도 합니다. 회사의 성공 속에서 가정의 위기를 맞은 그녀는 외부에서 CEO를 영입하고 자신은 일을 놓으려고 합니다. 한편 전화번호부 제조 회사에서 평생을 일하다 은퇴한 후 줄스의 회사에 시니어 인턴으로 들어온 벤(로버트 드 니로 역)은 일과 삶을 넓고 종합적으로 파악하는 능력을 가지고 있습니다. 스피드는 떨어져도 방향성은 제대로 아는 것이지요. 그는 비즈니스와 조직에 대한 경험과 더불어 젊은 CEO에 대한 인간적 이해와 애정으로 줄스가 일과 가정 중 하나를 선택하는 것이 아니라 둘 다를 아우를 수 있도록 돕습니다.

물론 현실에서는 스피드가 성패를 가르는 일이 많습니다. 그런 점에서 젊은 사람들이 주연이 되고 나이 든 사람들은 조연으로 역할을 바꾸어 나가면 좋겠습니다. 그리고 조연 없이는 주연이 빛을 발하지 못한다는 것도 알았으면 좋겠습니다. 아카데미상에는 주연상만 있는 게 아닙니다. 반드시 조연상이 있지요. 조직 안에서 조연의 중요성을 인식했으면 좋겠습니다. 스피드만으로 유능함과 무능함을 판단하지 말고 주연은 주연으로서 유능한지, 조연은 조연으로서 유능한지를 판단할 수 있으면 좋겠습니다.

그래서 고참 멤버들과 젊은 후배들을 같은 기준에 놓고 경쟁하도록 하는 것은 아주 어리석은 일이라고 생각합니다. 더 잘할 수 있는 일들이 있는데 그걸 놓치는 것이니 조직 차원에서 큰 손실이지요. 예를 들면 조연인 선배는 주연인 후배를 돕고 지원하고 코칭하는 일에서 보람을 느껴야 합니다. 그들은 이 역할을 얼마나 잘하는가로 평가받는 것이 맞을 것입니다.

아, 회사가 나에게 관심이 있구나

회사는 선배들이 회사 안에서 자신의 고유한 미션을 찾아 나가도록 지원해야 합니다. 내가 인화원장으로 있을 때 고참급 부장들을 위한 그룹 차원의 교육이 없다는 것을 깨달았습니다. 인화원의 기본 교육은 각 직급으로 승진하기 전 사전 필수 이수 방식으로 운영되고 있었고 대개 4~5년에 한 번씩은 기본 교육을 받게 됩니다. 그런데 어느 날 보니 임원 후보가 되지 못하는 대다수의 부장들은 인화원 교육을 7~8년 이상 받지 못하고 있는 현실을 알게 되었습니다. 그렇게 되면 매너리즘에 빠지기 쉽고 자신의 정체성과 회사의 공유가치도 잊기 쉽습니다. 나는 이렇게 각 사의 사업 현장에서 중요한 역할로 조직을 이끌고 있는 고참 부장들이 임원 승진 대상이 아니라는 이유로 그룹 차원의 교육 기회를 갖지 못하는 것은 문제라고 판단했습니다. 그리고 이에 대해 각 사와 인식을 같이하고 이들을 대상으로 하는 새로운 교육 프로그램을 운영하기 시작했습니다.

이 프로그램은 노하우Know-How나 노왓Know-What보다는 노와이Know-Why에 중점을 두었습니다. 즉, 직무에 직접 관련된 기능이나 지식보다는 자기성찰Self-Reflection에 초점을 두고 자신의 일과 자기 자신, 그리고 조직에 대한 의미를 스스로 찾을 수 있도록 돕는 내용으로 이루어졌습니다.

교육 첫날 오후, 인화원에 모인 50여 명의 참가자들은 대체로 지치고 가라앉은 모습이었습니다. 나중에 교육 운영 담당자에게 물어보니 대다수의 참가자들은 이 교육 과정이 시험을 보고 평가해서 희망퇴직 리스트를 작성하려는 목적으로 운영되는 줄 알고 들어왔다는 것이었습니다. 그런데 다음 날 식당에서 이들을 지켜보니 표정이 매우 밝게 바뀌어 있었습니다. 즉, 평가하기 위한 교육이 아니라 회사의 공유가치를 중심으로 스스로의 삶과 일을 되돌아볼 수 있게 해주는 격려 과정이라는 것을 알게 된 결과였습니다. '아, 회사가 나에게 관심이 있구나'라고 생각하게 된 것이지요.

은퇴를 앞두고 30년간 달려온 회사의 마무리 미션을 찾아 실행하는 것은 참으로 쉽지 않습니다. 그러나 내 정년을 내가 정하고 그 결승점까지 스스로의 역할을 찾아서 최선을 다하는 것, 그것이 당신에게 남은 몫입니다. 그런데 실은 그렇게 준비하고 다짐하여 회사를 떠났지만 그 뒤에 찾아오는 공허함이라는 것이 있습니다. 그것은 또 다른 과제인데, 그 이야기는 다음 장에서 하도록 하지요. 오늘은 결승점을 향해 달려가는 당신을 응원하는 것까지가 나의 미션입니다!

은퇴 뒤의 삶,
직장에서 나온 뒤
더 큰 세상을 만났다

Q 정년퇴직을 꼭 1년 남겨두고 있습니다. 요즘처럼 일자리 구하기 힘들 때 60세 정년퇴직을 한다면 다들 부러워하지만 제 마음은 복잡합니다. 무사히 인생의 한 장을 마무리한 안도감도 있지만, 아직 일할 수 있는데도 쫓겨나는 것 같은 허전함도 있습니다. 은퇴 후 삶, 어떻게 살아야 할까요? 앞으로 1년 동안 무엇을 준비해야 할까요?

나는 퇴임 2~3년 전부터 마음으로는 은퇴를 대비하고 있었습니다. '내 은퇴 시점은 내가 정한다, 연연해하지 않겠다, 밀려난다는 생각은 하지 않겠다' 등등이었지요. 그러면서 퇴임 후의 자유로운 생활, 또 공적인 영역에서의 기여를 생각하면서 새로운 의욕이 솟는 것을 느끼기도 했습니다. 나는 일반적인 60세 정년을 1년 넘기고 회사에서 퇴임했습니다. 회사 생활 21년, 자타가 공인하는 성공적인 끝맺음이었다고 생각했습니다.

은퇴 전해에 나는 시민단체의 추천과 회사의 승인을 받아 현직 대기업 사장으로서는 드물게 한 금융 지주회사의 사외 이사를 맡게 되었습니다. 그 일을 직장에서 퇴임한 뒤에도 계속하게 된 것이지요. 나를 추천한 해외 연기금의 요청은 단 하나, "아닌 것은 아니라고 해달라"라는 것이었습니다. 그렇게 일을 하다 보니 이사회 의결 과정에서 나 홀로 반대 표결을 몇 차례 하기도 했고 그 회사 내부규정을 개정하는 작업을 자원해서 맡기도 했습니다. 또 회사 은퇴 시점에는 한 대학으로부터 초빙교수직을 제안받아서 경제대학원 석사과정, 경영대학 학부과정 강의도 하고 학교 시설 개선을 위해 기업의 후원을 주선하기도 했습니다. 퇴임 전후 그렇게 사외 이사 3년, 초빙교수 2년을 하고 나서 강하게 든 생각은 내가 할 바를 다했다는 것이었습니다. 나에게 요청된 공적 미션을 다 수행했으니 이젠 물러나는 것이 맞겠다는 생각에 두 직책을 동시에 사임했습니다.

상상과 현실은 차이가 있지요

실제 은퇴 후의 삶은 머리로 생각하던 것과는 상당한 차이가 있었습니다. 은퇴 뒤의 삶이 편안하고 여유로울 것이라고 생각했지만, 실은 그렇지 않았습니다. 여가와 휴식이 전처럼 소중하게 여겨지지 않았고, 짜인 일정대로 움직이지 않는 일상이 어색했고, 바쁘지 않은 것이 오히려 불안했습니다. 상실감과 공허함이 밀려왔습니다. 늘 측근에서 나의 일상을 도와주던 비서도 기사도, 매일매일을 같이 일하던 부하 직원들도 하룻밤 사이에 없어지니 마치 엄마가 떠나고 홀로 남겨진 아이가 된 느낌이었습니다. 나는 회사에 다닐 때 신용카드를 두 장 가지고 썼는데, 개인카드가 하나, 법인카드가 하나였지요. 퇴임 후 법인카드가 사라지고 나니까 참 아쉽고 어색하더군요. 그래서 친구들이나 후배들과 밥 먹을 때, 또 교통비 용도로 쓰려고 개인카드를 하나 더 만들었습니다.

사외 이사와 초빙교수 사임은 나 스스로 결정하고 내 손으로 끊어낸 것임에도 불구하고 다 내려놓고 나니 또 다른 색깔의 공허함과 상실감이 몰려왔습니다. '내가 대체 무슨 짓을 한 거지?'라는 후회감까지 마음 한 곳에서 올라왔습니다. '과연 나의 사회적 역할이란 무엇인가?'라는 질문에 대한 답은 오리무중, 해답을 찾을 수가 없었습니다.

그즈음 두세 곳에서 최고 경영자, 공공 기관장, 협회 회장 등의 자리를 제안받았습니다. 한편으로는 '그래도 뭔가 일을 해야 하는 것 아닐까?'라는 흔들림이 있었지만 또 한편으로는 왠지 과거와 같은 삶의 패턴으로 다시 돌아가서는 안 된다는 마음이 들었습니다. '하더라도 길어야 3년일 텐데 그럼 그다음엔? 또 다른 자리 3년? 그게 영원할 수가 있을까? 은퇴 후의 삶을 사는 걸 배우는 시간을 자꾸 미루어도 되는 걸까? 미룰수록 배우는 게 더 힘들어지지 않을까?' 정신이 번쩍 들어서 결국 제안들을 고사했습니다.

뭔지는 잘 모르겠지만 삶의 방식이 달라져야 할 것 같다는 생각이 들었습니다. 그러니 우선 시간을 벌어야겠다 싶었습니다. 과거와 유사한 사회적 역할을 다 내려놓고 시간을 두고 뭔가 다른 길을 찾아야 할 것 같다는 생각이 든 것이지요. 돌이켜 보면 나의 무의식에서 이런 소리가 들려온 듯도 합니다.

'너는 언제까지 은퇴를 연기하고 과거의 생활 방식을 연장해 나갈 거니?'

현실과 자기 자신을 받아들이는 노년

21년간의 회사 생활을 생각해 보면 헌신적이고 치열하게 일해서 성과를 내고 회사나 사회로부터 인정받고 예우받는 삶이었습니다. 분명히 보람 있는 삶이었습니다. 그런데 실은 내가 받은 예우는 일과 관련된 것이었습니다. 일에서 따라온 것이었습니다. 그러니 일을 그만두면 그 예우가 없어지는 것은 지극히 당연한 일이지요. 그런데도 21년간의 그 예우는 내 몸에 배어서, 막상 일은 끝났음에도 그 예우가 없는 것이 이상하고 불편했습니다.

하지만 잘 생각해 보면 예우는 스트레스를 수반합니다. 예우를 받은 만큼 긴장하게 되고 그것은 스트레스로 작용합니다. 젊었을 때, 기운이 넘칠 때는 그 스트레스가 별문제가 되지 않을 수 있습니다. 성취와 보람이 그걸 상쇄하고도 남으니까요. 그러나 노화의 단계에 들어서면 그 스트레스는 심신에 부담으로 작용합니다. 그러니 '예우받는 삶의 방식을 연장하려는 건 답이 아니다'라고 생각하게 되었던 것이지요.

스위스의 의사이자 작가인 폴 투르니에는 『노년의 의미』에서 권력을 내려놓고 자기 자신을 받아들이는 삶을 권합니다. 다른 사람들이 더 이상 나에게 조언을 구해 오지 않더라도 실망하거나 불평하지 말라고 전합니다. 사회적 지위 모드에서 벗어나 인간적 모습에서 자신의 정체감을 새롭게 찾으라는 것이지요. 젊음을 한없이 연장하려 하지 말고 계급도 지위도 정해진 역할도 없는 다른 세계로 들어가라는 조언입니다.

주변을 보면 간혹 70대 80대 연령인데도 활력이 넘치고 여전히 직책을 맡아서 권한을 행사하면서 사회적으로 활발하게 활동하는 사람들이 있습니다. 그들이 부럽기도 합니다. '아, 어디서 저런 에너지가 나올까?' 분명히 심신의 건강은 타고나는 것이기도 합니다. 그렇지만 그런 에너지도 영원히 지속될 수는 없는 것이지요. 또 달리 생각해 보면, 여전히 직책을 맡고 공적 삶을 놓을 수 없는 이유가 혹시 그의 사적 자아가 제대로 성숙할 기회를 갖지 못하고 공적 자아만 커져 있어서 그런 것은 아닐까 싶은 생각도 해봅니다. 남들의 인정과 주목, 그것에서만 충만감을 느끼고 심리적 안정감을 얻기 때문은 아닐까 하는 생각이지요. 앞에서도 이야기했지만 문제는 그렇게 공적 자아가 불균형적으로 비대해 있으면 그 공적 자아는 위기가 찾아왔을 때 한 번에 무너질 수가 있다는 것입니다. 공적 자아를 도와 부축해서 일으켜 줄 만큼 사적 자아가 힘이 없기 때문이지요.

소중한 사람을 만나고 대화하는 즐거움에서 얻는 것

은퇴 후의 삶에서는 특히 사적 자아의 성숙도가 삶의 만족도에 큰 영향을 미칩니다. 가장 가까이 있는 사람과의 관계속에서 충만감과 안정감을 느낄 때 사적 자아는 성숙합니다. 만약 은퇴 전에 사적 자아를 잘 돌보고 키우지 않았다면, 은퇴 후에는 큰 어려움을 겪습니다. 은퇴 전에는 공적 자아의 성장이 주 무대이고 사적 자아의 성장이 부수적이었다면 은퇴 후에는 그 반대가 되기 때문입니다. 자기 주변 가까운 사람들과의 관계가 은퇴 후에 더 중요해지는 이유입니다. 특히 가족 관계가 그렇습니다.

오랜 조직 생활을 끝내고 은퇴를 1년 앞두고 있다면 자신과 가까운 주변을 돌아보시길 권합니다. 나 홀로 행복할 수는 없으니까요. 다른 사람과의 관계 속에서 나도 행복할 수 있습니다. 가족들은 은퇴 후에는 더욱 소중한 치유와쉼의 에너지원이 됩니다. 그동안 가족 한 사람 한 사람과 얼마나 마음과 마음으로 만나왔는지를 점검해 보고 '존중하는애정'의 관계를 만드는 데 더 많은 에너지를 써야 합니다.

회사에서는 오랜 기간 주로 일과 관련해서 상사, 동료, 후배들과 관계를 이어왔을 것입니다. 이제는 그 관계에서 무엇을 얻고 이루려 하기보다는 그들에게 내가 무엇을 나누어 주고 떠날 수 있을까를 생각하는 것도 좋습니다. 젊었을 때는 일을 통해서 성장합니다. 그런데 이제는 자신의 내적 성장에 초점을 맞추고 그것에 도움이 되는 일을 생각해봐야 합니다. 지금까지 회사 직위, 직책, 권력관계 속에서 직업으로 해왔던 방식과는 다른, 그런 것들로부터 자유롭게 할 수 있는 일, 자신의 인간적인 성장에 도움이 되는 일에 초점을 맞추어 보십시오.

이를 위해선 은퇴 전에, 자신이 일 중심의 커뮤니케이션에 지나치게 매몰돼 있는 건 아닌지 살펴봐야 합니다. 은퇴 전과 은퇴 후는 대화를 나누는 상대가 많이 달라지는데 이를 준비하는 과정입니다. 만약 은퇴 전에 사적 자아에 너무 소홀했다면 은퇴 후에 회복하기가 쉽지 않을 겁니다. 나는 원하지만 이미 그들은 돌아서 버렸기 때문이지요. 가족이라고 해도 남남이 되는 일은 흔합니다.

이런 말이 있지요. 아메리카 원주민 인디언들은 말을

타고 달리다가도 가끔씩 뒤를 돌아본다고요. 내 영혼이 날 잘 따라오고 있는지 확인하기 위해서라고 합니다. 너무 늦지 않게, 내 사적 자아가 함께 성장하는지 잘 살펴야 합니다.

아무리 바쁘더라도 일과 상관없이 소중한 사람을 만나고, 그들과 대화하고 삶을 나누는 법을 연습하는 것이 매우 중요합니다.

노년은 다른 차원의 성장

은퇴 전후 몸의 변화를 발견했습니다. 운동이라고는 산이 좋아서 오랫동안 등산한 것 외에는 따로 한 것이 없었는데 발목 관절염이 생겨서 등산을 하지 못하게 되었습니다. 이것은 심적으로는 엄청난 장애 판정으로 다가왔습니다. 눈이 뿌예져서 신문을 읽기도 불편하고 컴퓨터 모니터를 보는 것도 힘든 지경이 되어서 결국은 양쪽 눈 모두 백내장 수술을 했습니다. 그리고 등산 대신 수영을 시작했다가 목과 어깨 통증으로 중단하고 시술을 받기도 했고, 현직에 있을 때 종종 했던 골프도 팔꿈치와 목 통증으로 점차로 멀어지게 되었습니다.

육체적 한계를 분명히 느끼기 시작하면서 '아 이것이 노화구나'라고 실감하게 되었습니다. 시간의 차이는 있겠지만 결국은 인간은, 모든 생명체는 생로병사의 법칙을 벗어날 수가 없습니다. 미국 트라피스트회 수도원의 토머스 키팅Thomas Keating 신부(2018년 선종)는 노화야말로 자신의 한계를 절감함으로써 의식의 전환을 통해서 무아의 관상적 삶으로 넘어갈 수 있는 너무나 감사한 기회라고 말하기도 합니다. 나도 자연스럽게 나의 몸이 현직에 있을 때와 달리 여유로운 일상을 필요로 한다는 것을 깨달았습니다. 삶의 리듬이 달라져야 하는 때가 왔음이 분명해지자 노년의 의미를 다시 생각하게 됐습니다. 은퇴와 노화에 대해 저항하지 않고 수용하면서 동시에 삶의 새로운 의미를 찾는 변화를 꾀하고자 마음먹었습니다.

생명체의 본질은 변화입니다. 살아 있는 것치고 가만히 고정돼 있는 것은 아무것도 없습니다. 생존하고 성장한다는 것은 변화한다는 것을 의미합니다. 신체적 변화 못지않은 정신적 변화도 있습니다. 은퇴 후의 삶에서는 과거같이 매일 닥치는 일과 사람들과의 접촉에서 오는 자극이 대폭 줄어들기 때문에 현직에 있을 때보다 떠오르는 아이디어도 적어지고 에너지도 줄어드는 느낌이 들 수 있습니다. 그런데 103세 철학자 김형석 교수는 노화와 더불어 신체는 늙어가지만 정신은 늙지 않는다고 말합니다. 기억력은 떨어져도 사고력과 창의력은 오히려 성장한다는 것이지요.

은퇴와 노화를 겪고 체감하면서 결국 노년의 의미는 또 다른 차원에서의 성장이라고 생각하게 되었습니다. 어떻게 성장할 수 있을까요? 홀로 앉아서 명상을 하며 내적 성장을 하는 것도 중요하겠지만 나의 경우에는 주변 사람들과의 접촉을 통해서 더 많이 성장하는 것 같습니다. 현직에 있을 때보다는 외부의 자극이 줄어들었지만 그럼에도 소중한 관계를 유지하려고 노력합니다. 거기서 변화의 동력, 바로 마중물을 얻을 수 있기 때문입니다. 남들에게 봉사하겠다는 것, 젊은 후배들에게 도움이 되겠다는 것에 앞서 은퇴 후에도 여전히 나의 성장에 주목합니다. 나에게는 이 글을 쓰고 그에 대한 반응을 받는 것, 그것이 성장을 위한 가장 큰 자극입니다!

시장에도 기업에도 사람이 있습니다

2021년 5월 15일 스승의 날, 고등학교 시절 영어를 가르쳐 주시던 A 선생님께 안부 전화를 드리려고 오전 9시가 되기를 기다리는 참이었습니다. 그런데 8시 55분에 휴대전화가 울렸습니다.

"아니, 선생님. 제가 막 전화 드리려는 참인데 먼저 전화하시면 어떻게 합니까?" 투정 섞인 말투에 선생님이 웃으며 답하십니다.

"오늘 아침 자네 칼럼을 보고 너무나 좋아서 전화한 거야! 자넨 언제 그렇게 공부를 많이 했나? 난 엉터리 같은 선생이었지만 자네 같은 제자가 있으니 정말 행복해!" 고교 시절 학과 공부보다 남과 더불어 사는 마음을 가르치려 애 쓰셨던, 진정한 스승이셨던 선생님은 늘 그렇게 자신을 낮 추는 분이십니다. 그런 선생님께 칭찬을 받으니 좀 계면쩍 었지만 진심으로 좋아하시는 것 같아서 나 역시 행복해졌 습니다.

시장 자체가 문제일까, 시장주의가 문제일까?

내가 10~20대였을 때는 한국이 산업화에 총 매진하던 시절 이었습니다. 그러면서 또 많은 부작용들이 나타나기도 했 습니다. 억압적인 정치 상황에 대항하여 인권운동과 민주 화운동이 시작되면서 대학 캠퍼스는 최루가스가 가득한 반 독재투쟁의 보루가 되었습니다. 울분과 저항의 시대였지 요. 나 역시 자연스럽게 몸과 마음이 그쪽으로 쏠렸고 시장 이나 기업에는 마음이 가지 않았습니다. 시장은 사기와 협 잡이 횡행하는 곳, 기업은 수단과 방법을 가리지 않고 또 정경유착으로 오로지 이윤만 추구하는 집단이라고 생각했었기 때문이지요. 이러한 시대적, 심적 배경은 내가 유학할 때 전공을 노사관계로 정하는 계기가 되기도 했습니다.

그런데 대학원에서 공부하면서 차차 노사관계는 회사와 조직 안에서 일어나는 현상이므로 인사관리와는 뗄 수 없는 관계라는 것을 알게 되었습니다. 그리고 또 인사관리라는 것은 회사의 경영 방식, 경영 전략과 불가분의 관계라는 것도 알게 되었지요. 1980년대 당시 미국 기업들은 독일과 일본에 비해 경쟁력이 뒤졌다는 인식하에 일하는 방식을 새롭게 하고자 엄청난 자기혁신을 시도했습니다. 이렇게 혁신을 만드는 시장의 힘과 기업의 역할도 나에게는 관심의 대상이 되기 시작했습니다.

사실 시장은 참으로 중요합니다. 자본주의가 불과 200~300년밖에 안 된 것에 비해 시장은 인류 역사와 함께해 왔을 뿐만 아니라 문명 발전을 촉진해 왔다고 생각합니다. 이란의 수도 테헤란에 있는 그랜드 바자르는 시장 기능을 해온 지 3,000년, 모로코의 제마엘프나 광장은 1,000년입니다. 삼국유사에는 환웅이 배달국을 세우며 재세이화

在世理化하고 홍익인간弘益人間했다는 내용이 있으며 또 다른 기록에서는 치시교역置市交易했다는 언급도 있습니다. 최소 5,000년 전에 이 땅에 시장을 열어서 서로가 거래함으로써 모두가 윤택하게 살도록 했다는 것이지요. 동서양을 막론하고 시장은 이토록 오랫동안 인류와 함께해 왔습니다.

시장은 시장 참여자들의 자발적 교환을 통해서 작동됩니다. 그리고 자연이 스스로 진화하기 위하여 종들 간의 생존경쟁이 필수적이듯이 시장에서도 시장 참여자들 간의 경쟁을 통해서 효율성이 확보됩니다. 그런데 실은 자연의 진화에는 생존경쟁뿐만이 아니라 상호부조의 법칙도 작동됩니다. 자연과 마찬가지로 시장도 경쟁뿐만이 아니라 수많은 이해관계자들 간의 다양한 협력에 의해 발전할 수 있는 것입니다.

그런데 현실에서 시장은 완전하지 않습니다. 규칙이 제대로 지켜지지 않으면 착취와 불행, 비극이 옵니다. 특히 정치권력이나 종교권력과의 유착과 타협에 의해서 공정경쟁이라는 규칙이 무너질 때 독과점에 의한 시장 왜곡이 발생합니다. 고전 경제학의 아버지라 불리는 애덤 스미스는

1776년에 쓴 『국부론』에서 "우리가 매일 식사를 마련할 수 있는 것은 푸줏간과 양조장, 빵집 주인의 자비심 때문이 아니라 그들 자신의 이익을 위한 그들의 고려 때문이다"라고 했습니다. 즉, 각자가 자신의 유익함을 추구하며 일할 때 소위 '보이지 않는 손'이라는 시장 기능이 작동해서 모두에게 유익함을 준다고 말했지요.

그런데 『국부론』보다 17년 전에 쓴 『도덕감정론』에서는 그 보이지 않는 손이란 사실은 '신의 섭리 Providence'라고 말했습니다. 그뿐 아니라, "인간 각자는 타인의 행복을 필요로 한다"라고 말했습니다. 즉, 시장 참여자로서의 인간은 자신의 이익을 추구할 뿐 아니라 '공감하는 인간'이라는 것이지요. 신의 섭리가 착취와 불행과 비극이라고 생각할 사람은 아무도 없을 것입니다. 시장에서 규칙에 따라서 공정한 거래가 이루어질 때만 소위 '보이지 않는 손', 즉 신의 섭리가 작동하는 것이지요. 신에게는 인간의 참여와 협조가 있어야 합니다. 규제 없는 시장은 만인에 의한 만인의 불행을 가져올 뿐입니다. 소위 시장(만능)주의자들이 자유방임과 규제철폐를 과도하게 주장하며 그 근거로 애덤 스미스를 끌어들이는 것은 정당하지 못합니다. 그리고 실은 시장이 문제가 아니라 시장만능사상, 인간 사회의 모든 영역에 수요 공급의 시장 법칙을 적용하려는 시장주의가 문제입니다.

개인과 기업의 이윤 동기와 지속 가능성

공정경쟁의 룰이 확보된 시장에서는 기업과 개인의 이윤 동기가 중요합니다. 새로운 사업을 일으키는 기업가의 가장 바탕에 있는 심리는 '아, 이걸 하면 돈이 되겠구나'라는 아이디어와 의욕입니다. 새로 들어오는 신입 사원들은 대부분 잘 먹고 잘살고 싶어서 입사합니다. 회사의 공유가치와 장기적 관점은 회사에 다니면서 차차 배우고 익히는 것입니다. 이윤 동기라는 '추동하는 생명 에너지 Initiating Life Energy'가 없으면 아무런 일도 일어나지 않습니다.

그런데 기업이 단기간에 이윤만 남기고 폐업하는 것이 아니라 장기간에 걸쳐 지속 가능하기 위해서는 이윤 동기 외에 또 다른 것이 필요합니다. 고객, 협력사, 투자자, 금

융기관, 주주, 종업원, 지역사회 등 모든 이해관계자에게 각
각 유익함을 돌려줘야 합니다. 그럴 때 시장은 그 기업이 지
속할 수 있도록 이윤과 성장을 보상으로 주는 것입니다. 남
들에게 잘해줄 때 내게도 유익함이 돌아온다는 이타자리利
他自利 경영이지요. 불교에서 말하는 보살도의 삶, 자리이타自
利利他와는 또 다른 차원입니다. 나는 사업의 본질은 '경쟁사
보다 더 좋은 물건을 더 싼 가격에 내놓아서 소비자의 '선택'
을 받는 것'이라고 생각합니다. 강제할 수 없습니다. 선택받
으려면 겸손해야 합니다.

　　이윤 극대화는 단기적인 경영 목표는 될 수 있지만 기
업의 존재 목적은 아닙니다. 나는 기업이 공동선에 기여할
수 있는 아주 중요한 주체라고 생각합니다. 기업은 본질적
으로 사회적 존재입니다. 따라서 기업의 사회적 책임(CSR)
이란 기업이 모든 이해관계자를 위해서 당연히 해야 할 바
를 하는 것에서 출발합니다. 기부나 봉사활동은 어디까지
나 부차적인 것입니다.

　　근래에 회자되는 ESG 경영도 이러한 맥락에서 볼 수
있습니다. 이 중에서도 특히 지배구조 영역이 제대로 작동

해야 합니다. 가장 중요한 것은 투명성과 책임성이라고 생각합니다. 독일이나 스웨덴의 오래된 기업들의 경우를 보더라도 소유주 경영인가 전문 경영인가는 그리 중요하지 않습니다. 경영 방식과 승계 과정이 투명하고 경영의 결과에 대해서 분명히 책임지는가가 결정적으로 중요한 것 같습니다. 지배권의 정당성을 확보한 기업들이 오래갈 수 있습니다.

성장의 장으로서의 직장

나는 시장에서 활동하는 기업이 지속 가능하기를 바랄 뿐 아니라 직장에서 일하는 개인도 성장감을 느낄 수 있기를 바랍니다. 노동을 통해서 개인은 생계를 유지하고 물질적 삶의 수준을 향상시킬 뿐 아니라, 일 자체에서의 보람을 느끼고 성장하는 것을 체험할 수 있어야 합니다.

　　기업이 개인을 채용하는 일차적 동기는 일을 시키고자 하는 것입니다. 도구적 관점이지요. 노동은 자본, 토지, 기술 등과 같은 생산요소로서 효율성의 원칙이 적용됩니다. 모든 개인은 능력과 성과를 평가받고 그 결과의 높낮이에 따라 인사의 대상이 되는 것이지요. 하지만 노동에는 다른 생산요소들과 결정적으로 다른 특성이 있습니다. 육체적, 이성적 능력과 더불어 자유의지와 감성과 영성을 가지고 있는 존재라는 점이지요. 따라서 노동은 활용되는 자원이기도 하지만 가치를 만들어 내는 창의성과 자발성의 주인으로서의 가치 창출의 주체적 원천이기도 합니다. 결국 기업은 시장경쟁에서 생존하고 번성하기 위해서 조직 구성원들이 각자의 잠재력을 최대한 발휘할 수 있도록 해야 합니다. 내가 일하는 회사가 자랑스럽고 떳떳할 때 조직 구성원은 최선을 다하게 됩니다. 그렇게 되도록 하는 것이 리더의 가장 큰 역할이라고 생각합니다.

또 한편, 이 과정에서 조직의 리더는 버텨내는 인내심이 커야 합니다. 구성원들과 겨루고 견디고 버텨야 할 때가 있습니다. 그것은 원칙을 지키고 조직이 지속 가능한 성장을 하기 위해서입니다. 얼마 전 IT 스타트업 회사에서 CEO를 맡고 있는 한 후배가 찾아와 어떤 중간 관리자에 대한 고민을 털어놓았습니다. 업무 능력은 뛰어난 사람인데 조직

마인드, 사업 마인드는 부족하다고 했습니다. 회사가 처음 만들어질 때부터 함께한 사람이라 고심했는데 결국 보직에서 물러나게 했답니다. 개인적인 프로젝트만 하도록 결정한 것이지요. 그 후배가 내게 이렇게 물었습니다. "제가 너무 일 중심적인가요?" 나는 답했습니다. "자네가 일 중심적이라서 참 다행이야!"

그렇습니다. 조직에서 뜻이 맞는 구성원을 만나는 건 참으로 행운입니다. 리더는 때때로 속이 시커멓게 타들어 갑니다. 버티다 지쳐서 다 포기하고 싶을 때도 있습니다. 그래서 리더는 힘든 역할입니다. 그래서 누구나 리더가 되어야 한다는 법은 없습니다.

예, 구성원에게 졌을 때 참으로 행복할 때가 있습니다. 나보다 더 고민하고 더 노력해서 내가 생각하지 못했던 어떤 해결책을 만들어 왔을 때, '아, 내가 졌구나!' 싶을 때, 정말 희열을 느끼지요. 그런데 이 경우는 리더로서의 자신과 그 구성원이 같은 가치를 공유하고 있다는 전제하에서 그렇습니다.

그리고 은퇴 뒤에도 성장하다

2021년 6월 초, 제주에 내려갔다가 새로 개관한 미술관 '포도 뮤지엄'의 전시회를 갔습니다. 〈너와 내가 만든 세상〉이라는 1층 전시는 오늘날의 혐오와 증오의 비극을 비디오아트 등의 새로운 방식으로 극적으로 표현해 감동적이었습니다. 2층으로 올라가니 〈아가, 봄이 왔다〉라는 독일 화가 케테 콜비츠(1867~1945)의 전쟁 판화와 조각상 전시가 열리고 있었습니다. 1, 2차 세계대전에서 아들과 손자를 잃은 어머니의 애통함이 너무나도 절절했습니다. 문득 한쪽 벽에 있는 그의 일기 한 구절이 눈에 들어왔습니다.

"노화老化는 청춘의 나머지가 아니라 완전히 새로운 상태이다. 그것 자체로 존재하는 위대한 상태이다. 내 안에 있는 그 어떤 것이 새로워지는 느낌이었다. 그것이 바로 자기 발전이라는 의미에서의 노화였다. 영원히 타오르는 촛불이 반짝거리기 시작했다." (1921년 11월 일요일 일기 중에서)

나는 '은퇴 뒤 삶은 또 다른 차원에서의 성장'이라고 생각했는데 '나이 듦은 완전히 새로운 상태'라는 콜비츠의

말에 정신이 번쩍 났습니다. 며칠이 지나면서 새롭게 든 생각은 '이제 내가 무슨 일을 하는가, 어떤 사회적 역할을 하는가, 하지 않는가는 중요하지 않구나. 내 마음이 어떤가가 중요하구나'였습니다. '세상에 나아가 세상의 인정을 받기 위해서가 아니라, 평생을 멀리 지냈던 나 자신의 그림자와 친해지고, 저기 한구석으로 밀어놓았던 외로움, 열등감, 죄책감에서 벗어나고 이제, 이 '완전히 새로운 상태'에서 내가 비로소 거리낌 없이 나 자신으로서 산다면, 세상과의 접촉을 통해서 나의 내면이 더 풍성해지고 즐겁고 자유로워질 수 있구나!' 그런 깨달음이 왔습니다.

나가며

한겨레로부터 칼럼을 제안받았을 때, 귀한 신문 지면에 내가 글을 쓴다는 게 주제넘은 짓이 아닌가 하는 생각에 처음에는 망설였습니다. 하지만 내가 생각하고 겪고 느낀 것들을 젊은 후배들에게 나누어 주어야 하지 않겠냐는 설득에 용기를 냈습니다. 첫 회를 2020년 1월에 쓰기 시작하면서

'라떼'와 '꼰대'의 함정에 빠지지 않기 위해서 나름대로 애를 많이 썼습니다. 그렇게 1년 반 동안 4주에 한 번씩 칼럼을 쓰면서 나는 그 칼럼과 함께 살았습니다. 라디오를 들을 때, 신문이나 책을 읽을 때, 텔레비전이나 유튜브 영상을 볼 때, 그리고 지인들과 대화할 때, 칼럼과 관련된 내용이다 싶으면 메모하고 정리해서 글에 녹여 넣으려 했습니다. 글이 되어가면서 내 생각도 정리되고 분명해지는 경험을 했습니다. 그러면서 세상과 사람들에 대한 관심의 폭을 넓혀갔습니다. 적지 않은 피드백을 받았는데 내가 많은 사람과 연결돼 있다는 사실을 확인하는 것은 커다란 기쁨이었습니다. 그런데 칼럼 글쓰기가 끝난 후 책으로 엮어내기 위해 여기저기 오류를 수정하고 내용을 보완하고 또 새로이 두 편을 쓰는 과정은 쉽지 않았습니다. 반년 이상이 걸린 셈입니다.

처음 칼럼을 제안받은 2019년 12월, 국내에선 아직 코로나19가 창궐하기 전이었습니다. 소위 COVID19가 이렇게 오래갈 줄은 몰랐습니다. 그사이에 백신을 네 차례나 맞았지요. 해외에 있는 가족들을 만난 지도 3년이 되어갑니다. 그런데 코로나와 함께하면서 써온 글들이 자라서 이제

책으로 엮여 나오니 코로나도 이젠 지나가기를 소망해 봅니다.

돌이켜 보니 그동안 나 자신도 은퇴와 노화를 회피하지 않고 몸과 마음으로 그대로 겪고 버텨내면서 이 글들을 써왔던 듯합니다. 그리고 오랫동안 익숙했던, 그러나 이제는 지나간, 과거의 삶의 터널을 서서히 빠져나오면서 새로운 삶의 세계에 들어설 것이라는 느낌이 듭니다. 행복합니다!

회사에서 안녕하십니까

일터에서 고민하는 당신에게 보내는 스무 편의 편지

ⓒ 이병남, 2022. Printed in Seoul, Korea

초판 1쇄 펴낸날	2022년 5월 4일
초판 3쇄 펴낸날	2022년 9월 9일
지은이	이병남
펴낸이	한성봉
편집	최창문·이종석·강지유·조연주·조상희·오시경·이동현
콘텐츠제작	안상준
디자인	정명희
마케팅	박신용·오주형·강은혜·박민지
경영지원	국지연·강지선
펴낸곳	도서출판 동아시아
등록	1998년 3월 5일 제1998-000243호
주소	서울시 중구 퇴계로30길 15-8 [필동 1가 26] 무석빌딩 2층
페이스북	www.facebook.com/dongasiabooks
인스타그램	www.instagram.com/dongasiabook
블로그	blog.naver.com/dongasiabook
전자우편	dongasiabook@naver.com
전화	02) 757-9724, 5
팩스	02) 757-9726
ISBN	978-89-6262-428-1 03810

※ 잘못된 책은 구입하신 서점에서 바꿔드립니다.

만든 사람들

편집	조상희
크로스교열	안상준
표지디자인	최세정
본문디자인	김경주